且把年华赠与你

申海文 著

天津出版传媒集团
百花文艺出版社

图书在版编目（CIP）数据

且把年华赠与你 / 申海文著 . -- 天津 : 百花文艺出版社 , 2023.10
ISBN 978-7-5306-8634-8

Ⅰ . ①且… Ⅱ . ①申… Ⅲ . ①长篇小说—中国—当代 Ⅳ . ① I247.5

中国国家版本馆 CIP 数据核字 (2023) 第 188641 号

且把年华赠与你

QIE BA NIANHUA ZENGYU NI

申海文 著

出 版 人：薛印胜
责任编辑：魏 青
装帧设计：书点文化
出版发行：百花文艺出版社
地址：天津市和平区西康路 35 号 邮编：300051
电话传真：+86-22-23332651（发行部）
+86-22-23332656（总编室）
+86-22-23332478（邮购部）
主页：http://www.baihuawenyi.com
印刷：四川科德彩色数码科技有限公司
开本：880 毫米 ×1230 毫米 1/32
字数：163 千字
印张：6.5
版次：2023 年 10 月第 1 版
印次：2023 年 10 月第 1 次
定价：76.00 元

如有印装质量问题，请与四川科德彩色数码科技有限公司联系调换
地址：成都市郫都区成都现代工业港北片区港北二路 551 号
电话：028-88451797 邮编：610021

致谢曹境清先生

“人活一世，草木一秋。”如何让自己的一生过得更有意义，这是值得探讨的一大课题。否则就只能在我们老去的时候哀叹：年少不知事，知事不少年。

关于人生理想、职业规划，我们都有不少的身不由己。爱情可以傲娇地说不将就，但工作和生活呢？又有多少底气去拒绝自己的不喜欢。不少人工作只是为了顺利拿到薪水，至于所做的工作顺心意与否，各自心中都有标尺。生活也是如此，遇到不如意时，你有勇气去做出改变吗？那些不便说破的很多理由，会迫使你选择将就，苟且一生。

目录

第一节　偶遇

压抑之中就要呐喊，越是困顿不堪更要突破，不喜欢的专业，怎么去应对？

七月，夏蝉在树上吱哇乱叫，透蓝的天空悬挂着火球似的太阳，烤化了云彩，直教河里的水烫手，地上的土冒烟，平坦空荡的街道没有一块阴凉地，空气黏糊糊的，好像凝住了。在这刺眼、明媚的一天，孟欢里收到了自己的大学录取通知书。

孟欢里把自己收到医学院录取通知书的那一天命名为自己的“受难日”，或者“好日子一去不复返日”。旁人考取医学院可能要敲锣打鼓地庆贺了，但她不同，她从小便不喜欢“医生”，与职业无关，她只是不喜欢听到有人生病，也不愿意去医院。对她而言，医学专业术语是这个世界上最不浪漫的词，听到便难受，在医院里也难受，仿佛对医院的消毒水味道过敏，无端地开始焦虑、紧张，连气都喘不匀了。

早在读书时，孟欢里就确认了自己的这种“反面偏好”——中学生理课本上面那些红红的内脏器官，仅仅是图片，也会让她惊悸不安。然而造化弄人，阴差阳错，她最终居然考进了医学院！这样她不喜欢也无法摆脱了，她注定要与医疗事业打交道了。

大学四年，她过得可以说是痛不欲生——不仅要每天面对各种器官的图片、模型，还有标本原体，还有要上手做的那些医学实验，尤其是解剖课，她是想躲也躲不开，苦不堪言。可以说是相当痛苦的“脱敏”过程了。最痛苦的是孟欢里越学越迷茫，医学院的同学们大部分都早早明确了要当一个好医生的目标，但孟欢里对未来做什么毫无打算。她自认为自己有点小聪明，未来应该也不愁一口饭吃，这种乐观源于她的家庭，虽然家庭条件不算大富，但爸妈在物质上也从来没有亏待过她，家庭和睦、父母开明养成了孟欢里乐观的性格——虽然有些时候是盲目乐观。大学的最后一年，孟欢里跟着她的小伙伴进入了医院，开始临床实习。

那个早晨，她急急忙忙地赶到实习医院，医院太大了，孟欢里之前也没来过，楼栋林立，根本分不清哪儿是哪儿。问了几个人好容易才找到会议厅方向。打开导航继续往前走，却被导进了死胡同。眼见行政大楼就在前方，却被面前一段低矮的围栏墙挡住了，看看时间马上就要迟到了，她决定跨墙抄近路。

孟欢里个子高高的，喜欢运动，被“散养”惯了，完全不会被某些无关紧要的规矩框住，淑女？仪态？孟欢里像赛场上的运动员一样，先弯弯腰、踢踢腿，做好准备动作。然后远离围栏墙两三步，仿佛面前有一条起跑线，只见她左脚上前半步，右脚往后呈“弓”步状，身体前屈，双手握拳置于两侧，眼睛睁得溜圆，像找寻到猎物的猎豹，“嗖”的一声冲了出去，借着惯性一个大跨步蹬上了墙，两手肘一撑，身子也跟了上去，一看就是平日经常运动，矫健得很。

落地之后是一片人迹罕至的小花园，处处长满过膝的草丛。定眼看去，紧贴楼体的背面爬满了叶子，通往花园中心的小路铺着黑漆漆的砖块，或许是有些年头没人走了，上面长满了厚厚的苔藓。园里几棵高大的梧桐树遮天蔽日，使得里面即使在高温的初秋日也能感觉到丝丝的沁凉。

抬腿顺着小路往里面走，几经迂回曲折就把她引到了花园深处一个小亭子上。小亭子建在雅致的小水塘上面，水塘里栽着荷花，池水清澈，能看到鱼儿偶尔穿过水草。

这么一等一的好去处，真是清爽宜人，只可惜孟欢里没空细细欣赏，她快步穿过水塘，从对面的围栏又翻出去，心里想着等正式来实习之后，总是有机会再来游玩的。

等孟欢里到的时候，会议已经开始了。第一天是开会安排实习生的实习任务，她悄悄地从后门溜进去，坐在最后一排，远远地看到自己认识的几个校友坐在最前面，孟欢里佩服他们的好学，想必他们以后也会是敬业的医生，以前争相上台动手做实验，现在也都聚精会神听讲。而她呢？还在想着刚才那个小花园倒是一处避暑的好去处。

院方对待实习生比较重视，医生肩上的压力太大了，患者将自己的健康甚至生命交付给医生，每个医生都需要时刻保持冷静。对于每一届实习生，他们都会付出巨大的努力精心培养。医务科长是实习生的直接领导，这次会议由他主持。大会第一项是院方的领导讲话。那些身着洁白工作服的老医生，讲起话来很是鼓舞人心：什么欢迎新鲜的血液注入这个机体；什么关注新生物的成长……

有那么一瞬间，孟欢里听得热血沸腾，暗暗下定决心要好好实习，争取早日成为一名合格的医生，为病患解除病痛。

然而，只不过一转眼，她又提不起兴致了。

但是，她最终还是找到每天都来医院实习的动力——她看到了一位有意思的帅哥。孟欢里是个绝对的颜控，对于远远欣赏帅哥，她是很有经验的。这位大帅哥在一溜的秃头、慈祥老医生后面登场，杀伤力可见一斑。

只见他长得唇红齿白。原谅她第一反应想到这个有点女性化的词。他的脸确实有那么几分妩媚，脸盘肉肉的，皮肤白嫩，长长的丹凤眼自含深情，五官是标准的中国古典美。看起来应该是从小家境不错、家教严格、养尊处优的那种孩子。

这个帅哥是实习生代表，看来这一年的实习生涯要经常与他打交道了。虽然这种“贾宝玉”似的帅哥不是她最喜欢的类型，但也足以成为孟欢里来医院实习的理由了。因此，每天期待与他碰个面就是最美好的动力。

会议最后，实习生被分成十二个小组，他们小组有十个人左右，其他院校的不认识，本校的也没什么交集，看来她这次实习注定要做个独行侠了。

散会后，孟欢里磨磨蹭蹭地落在最后，懒散地走出去找属于他们的办公室。看看周边人都匆匆散去了，她决定像刚才那样，抄近路再去欣赏一下小花园的风景。

这个小花园麻雀虽小五脏俱全，还颇有江南园林的风范，亭台小桥一应俱全，她不禁坐在亭子下面的靠椅上，悠然地欣赏起周边的一切。

小花园是依傍前面的那座古楼宇建设的，除了水池和凉亭，当然不能少了假山。从凉亭走过去，沿水面上的弯曲通道穿过湖面，就到了一座假山的洞口，山后面能看到另一个院里行政大楼的一角。凉亭的背面再往后就是高高的围墙了。医院后面有一个很大的批发市场，很多摊位是露天的，那里的人流量很大，能隐隐听到外面鼎沸的吵闹。

她把脚放松地搭在椅子上，正欣赏着美景，忽然一个人从假山的另一面穿过来，他低头沉思着往这个凉亭里走来，根本就没有发现她的存在。

他身材修长，脸颊瘦削，动作流畅，穿着院里行政人员统一的深蓝色西装工作服。他始终沉浸在自己的思维里，忘掉了周边的一切。她看着他走近，莫名感到一阵紧张，心里想要不要弄个动静出来提醒他一下。

他径直走到亭子里来，猛地抬起头这才发现她。

他条件反射地说了句：“你好！”

孟欢里也点头回答：“你好。”

他看了看她的背包，又问：“你是实习生？”

她说：“是的。”

他眉头紧皱，像是有无限的忧伤藏在心间，眼睛里放出柔和的光芒，西装裁剪得体，胸口别着医院行政部门专用的胸章，上面有名字和代码，紧挨着旁边别了一个鲜红的党徽。

她眯着眼睛想要看清楚他的名字，但她眼睛好像近视得更厉害了，怎么努力也没有看清楚上面的字，又不好意思明目张胆地一直盯着，只好放弃。同在一个医院里，早晚都会再碰面，一定会知道他是谁的。

孟欢里其实已经近视很久了，但是度数不算高，所以她从来都不喜欢戴眼镜。而且她很久以前看过一句话：不要跟戴眼镜的女人调情。

她读到这句话的时候还不明白调情是什么呢，也不知道为什么不要和戴眼镜的女人调情。可能是觉得戴眼镜的女人不性感了？引不起男人的兴致来？谁知道呢，反正现在孟欢里后悔极了，她宁愿不性感也想要知道这个男人的名字。

他又接着问："你是哪所学校的？"

她报出校名，他说："哦，你们学校的毕业生不错，很多留下来的，你好好学也有机会。"

为什么每个人都觉得他们这些毕业生想要留下来？如果真的有这个机会，她会做个称职的医生，终生都为病患服务吗？

他又说："医学这个行业很有意义，也很有意思的，等你完全驾驭了专业技术就能感受到它的魅力了！"

她心想希望如此吧。见她兴致不高，他也就撇开这个话题不再去谈了，保持沉默。

她起身向他告别，匆匆跑回办公室。

他们的办公室就在花园前面那一座古旧的老楼底层。

房间里面吵吵嚷嚷，她推门进去，室内瞬间安静下来，齐刷刷地看向她。

有两个不认识的男生，是别的院校的，一个有点胖，另一个非常瘦。

其他几个人都是跟孟欢里一个院校的，班里的学霸丁恩然也在，他五短身材，五官端正，天天书不离手，志向远大。

丁恩然对面站着他们班的段涓涓，在孟欢里的印象中她比较文静，在校时孟欢里与她不是一个宿舍的，除了上课能碰到，其他的时间从来没有接触过。

孟欢里对段涓涓还有一个印象就是她特别喜欢演员诗诗，刚加她的社交软件的时候就发现了，段涓涓的头像、空间等全是诗诗的照片。她本人长得也有点像诗诗，但只是五官、身高和清冷的气质比较像，脸却比诗诗足足大了一圈，跟她娇小的身体都不怎么匹配了。

另外，还有两人是隔壁班的小夫妻俩，女生叫吴怡美，男生叫林相君。

吴怡美是个有些圆润的妹子，她个子不高，皮肤粗糙又稍偏黑，下巴前突——两片嘴唇像肥肠一样码在上面，还是紫色的，让人不忍直视又无法忽略！

就是这样的一个女生，看看她钓到了什么样子的男朋友——林相君气质有点像演员朱一龙，长得有百分之八十像那个老牌香港影帝梁家辉，长长的脸颊，嘴唇薄薄的看不到胡须的痕迹，就连性格也像他在剧中的某些角色，轻松又搞笑。

就是这样的一个花样男子，一入学就被吴怡美收服了，从此不离不弃，美女如过江之鲫从他眼前滑过，他也没有动心过。

这些就是跟她一个组的同学们了，丁恩然是他们的小分队队长。希望跟他们的相处能够非常愉快。

不知道刚刚的那个帅哥大队长被分去了哪一组。

她故作轻松地对他们每个人摆手打招呼，丁恩然告诉她更衣柜在里面，她就走到贴着她名字的那一个面前，从包里掏出了工作服套在身上。

第二节　乌合之众

并不是安安静静做事就可以，人类的进步需要沟通，说出你的想法。

穿好白大褂刚转身，一直沉默的段涓涓忽然靠过来，挽着孟欢里的胳膊亲昵地说："老大，快过来看，我是跟你一起轮转的呢！"

段涓涓把孟欢里拖到墙边，上面贴着他们的实习生轮转表。

孟欢里一头雾水，自己跟段涓涓也就能算得上打过照面的关系，怎么段涓涓忽然对她这么热情，没觉得跟她很熟呀，还是段涓涓的性格并不是自己以为的那么内敛？正疑惑着，段涓涓又拉着孟欢里到桌子边上坐着说："老大，你一直是我的偶像呢，只是在学校里没有机会接触到。现在能跟你混，真的很高兴呢，嘻嘻嘻……”

孟欢里只静静地笑，并没有说话，段涓涓突如其来的热情弄得她束手无策，她也猜不出来段涓涓的心思。

记忆中只记得跟她在活动室下过一次象棋，她们各胜一局之后就没再玩儿了，其他的印象完全没有。她这么主动示好，孟欢里也就只能顺水推舟。

与段涓涓相反，大学里的孟欢里是那种班级里的活跃分子，经常组织和参加各种社团活动，因此段涓涓说认识她也有可能，但段涓涓认识的是人前热情的她，实际上孟欢里的内心是比较向往孤独的，她的孤独好像有一种魔力，总会吸引到一群人聚在她身边，她也就接受被簇拥的状况了。

特别是学校里的室友兼闺蜜都去了其他城市实习，现在看看实习小组里跟段涓涓做伴也是个不错的选择。

这是家三甲综合医院，大大小小的科室一应俱全，他们要在一年内统统实习一遍。大科室门诊、病房都会去，并且是所有小组成员都会在一起；小科室人数少一些，只有她和段涓涓两个人。她迷茫地盯着排班表，想想未来扎根在医院的日子，有些无所适从……

还有这间实习生的办公室，从一进来就觉得怪怪的，过了一会儿她忍不住说了出来，只听旁边那隔壁班女生吴怡美接话说："你不知道吧？这里本来是洗手间，最近才改成实习生办公室的！"

孟欢里无语了，小声嘟囔："怪不得这地板砖都贴到墙上去了呢！他们只是把马桶抬出去了，其他的都没有动过吧？"

几个人听到她的话嗤嗤地笑了起来，她又接着说："楼房都这么破了，这地方又紧贴楼梯，阴暗潮湿，一年之后我们会不会得风湿呀？"

这时吴怡美的男友林相君说："得风湿事小，关键你觉不觉得这里有一股阴森森的怨气弥留不散？"

听了他的话，大家面面相觑，都害怕了起来，房间里似乎也充斥着一股诡异的气息，紧接着他又掐着嗓子来了几声鬼哭狼嚎之音，这下大家都开始笑骂起来，那个不认识的瘦瘦的男生拿起手边的一本书朝他砸了过去，说："要待一年呢！以后夜班在这里怎么过？！"

林相君假装被打到"哎哟"了一声，结果他的女朋友吴怡美一点儿不见心疼，嘴里还说着“该打”，手上麻利地补上两个“栗子”，大家都被他们小两口逗笑了。虽然之前孟欢里跟他们俩并不在一个班，但女生宿舍离得不远，而林相君也跟那个瘦瘦的男生现在的宿舍分在一起，因此小瘦男生的击打并没有惹怒他，孟欢里心想：看来这个小组的成员都蛮好相处的，也都不是开不起玩笑的人，不知道这算不算是悲惨实习生活中的万幸呢？未来好像也没有那么糟糕……

大家正闹作一团，门忽然开了，进来三个人，以一个男生为首，后面紧跟着两个女生。

就是刚刚那个唇红齿白的男生，虽然不怎么喜欢他的外形，不过暂时可以当作远远欣赏的男神，他是全体实习生的大队长。

他的身板很直，头微微昂起，显得有点目中无人。他身边的那两个女生，又瘦又丑，脸形长得奇形怪状，头发更是乱蓬蓬地顶在头上，还夹杂着各种颜色。孟欢里在内心翻了个白眼——这是什么标准反派的出场啊？

第三节　不屑一顾

阶级难以跨越，但你可以选择高尚。

他站在门口跟大家说："我是实习队长关亦，办公室在8号楼205室，有事可以去那里找我。这里有一本小册子，上面是实习生守则，大家认真看看，要严格遵守，过几天还会有一个这方面的考试。"

说着他示意一个女生把小册子发给大家。接着又说："另外还有一本是实习手册，首页是考勤，每到一个科室，都会有代教老师帮忙做考勤，每科室少于三分之二出勤天数的将影响毕业。后面的实习记录，每完成一个科室都由代教老师、科室大主任写评语，自己写总结，直至实习完成再交给医务科做综合评估，希望大家认真对待实习。"

说完又让另一个女生把手册发放给大家。

那两个女生像他的两个忠心耿耿的护卫，发完册子，立刻又回到他的身后站着，像是左右“挟持”着他一样，态度也很傲慢。

交代完工作，他扫视了一圈，孟欢里感觉他盯着自己停了那么几秒钟。她瞟了他一眼，他就佯装自然地移开目光，转身又被那两个女生一左一右“挟持”着走了，留下一股风骚的香水味儿。

他们都走出去一会儿了，大家却依然保持着沉默，各怀心事。孟欢里在想着这个满三分之二的考勤，还有那代教老师和大主任的评语，表现不好的话怎么也难混过关吧？看来，她偶尔过来打打酱油的想法是彻底泡汤了。

正在惆怅，忽然吴怡美压低声音招呼大家：“来来来，我给你们八卦下这个关亦，大有来头呢！”

孟欢里一听有八卦，还是有关关亦的，顿时来了精神。

她半个身子扑到桌子上，脸已经快贴到了吴怡美的脸上，认真地盯着她，生怕漏掉一点点信息。段涓涓也趴过来。那几个男生虽然表现得不怎么在意，但明显也都支起了耳朵。

吴怡美压低声音说："你们知道吗？这关亦的老爸是城建公司的老总呢！"

他们听了惊叹不已，城建公司是垄断国企，随着房地产的崛起，更是富得流油……

吴怡美继续说："他妈妈据说是什么局的局长，外公也是个很牛的人物。"

孟欢里忍不住问："这么牛的背景，关亦为什么来做小医生呢？"

吴怡美撇撇嘴说："不知道了吧？他们这种人进医院来上班，不过是想得到事业编制，然后走从政的道路，就可以平步青云直接提拔上去，连考公务员都免了。"

原来如此，他们听了唏嘘不已。

吴怡美继续说："刚刚那两个女生一个是内科大主任的女儿，一个是急诊护士长的女儿，都是会留下来，以后在这里上班的。"

众人听过之后，只有羡慕的份儿。

怪不得他们的实习生办公室会在 8 号楼，那可是花园中心的高级病房楼，205 室的话应该是对着大水池的房间吧。

再看看他们的鬼屋卫生间办公室，只有无限哀伤，自叹命苦了。

正八卦得起劲儿，丁恩然忽然说："考勤这么严格的话，大家也就不要松懈了，赶紧去自己的代教老师那里报到吧！"

第四节 那时情愫懵懂

在一个眼神回味几天的年纪，不知道人类之间存在差别。

丁恩然回身从抽屉里翻出来一份文件，递过来对孟欢里说：“医院里要我们学校的实习计划报表，你们去妇科门诊，顺路去交给关亦，刚刚我竟然忘记给他了。”

她点点头，接过来跟段涓涓一起出门。

医院的建筑错综复杂，像迷宫一样，尽最大努力利用起来每一寸空间。但新建的高级病房楼却是奢侈地屹立在一大片绿色花园之中，里面还挖了一个大大的人工湖。

这个病房楼是按照把病房管理搞成酒店式服务的理念建成的，主体大楼呈品字形直耸入云，内部都是智能化、人性化的设计，装修风格真的就像是高级大酒店一样，温馨豪华，让人觉得不像是进入了医院病房。

这样的病房，病人住进来心情也会大有不同吧？

找到关亦的办公室，她敲门之后等待里面的回音，段涓涓却临阵脱逃，把她独自扔下躲到走廊去了。

房间里出来一个人让她进去，之后带上门走了。

进得门来，这里是个套间，外面摆了一圈桌子像医生办公室那样，再往里面有一个小间，关亦坐在办公桌后面忙着写东西。

她站到桌子前面，把报表递过去，他接过之后，抬头看了她一眼，手停滞在空中顿了顿，之后又赶紧低头掩饰慌乱似的看文件。

孟欢里第一时间发觉了关亦的不自然，虽然只是一瞬，但她对他人的关注是很敏感的，这关亦，该不会是喜欢自己吧？

嗯，难道像自己第一眼觉得关亦长得还可以一样，人家对她的外貌也比较欣赏？她长得并不是美若天仙，关亦不至于被她惊艳到，只是递个文件而已，他这样慌乱是几个意思？没见过女人？也不可能啊，他身边不就有两个“牛头马面”在耀武扬威吗？跟求偶的花孔雀似的。

她说：“这个是我们小队长让我交给你的。”

他恢复了镇定，说：“我知道了。”

这样近距离地看他，感觉有点眼熟，但“我是不是在哪里见过你”这种搭讪桥段简直太老土了，孟欢里想了想只说：“那就好，拜拜。”

说着她转身就走，他又说：“你等会儿，这里有个调查表你让他们都填一下再交回来。”

她接过表格，是一份医学毕业生问卷，毕业后期望的薪水、想从事的科室之类的。

就在她又要离开的时候，他终于鼓起勇气，说：“你是七棵树中学的，对吗？”

这算是在套近乎吗？

可是她对他一点印象也没有，孟欢里只好摆出招牌微笑说：“是呢，你也是？”

他点点头，说：“嗯，你是校篮球队的吧？还是住在七棵树街坊吗？”

听他说到这里，孟欢里明白眼前这关亦确实应该是熟人了，只能装得喜笑颜开地说：“是啊，还是住在那里。”

孟欢里家在七棵树街开了间超市，周边学生都爱来她家买东西，七棵树中学的大多数毕业生都是认识她的。看来他是来她家的超市买过学习用品吧？这样说来也算是曾经的校友了。

唉，真让人沮丧，她还以为帅哥是被自己的魅力折服了。

不想再跟他多言，礼貌地告辞了。

出了办公室，她跟段涓涓说：“真巧啊，那个关亦竟然是我中学校友呢！”

段涓涓高兴地说：“哦，不错嘛，希望你们能擦出火花来。”

她翻了个白眼，虽然说关亦长得不错吧，但一看就是“不食人间烟火”的仙男，再看他身边那位女生，孟欢里深谙“物以类聚，人以群分”的道理，再说关亦也不是她喜欢的类型，实习工作还不知道多辛苦呢，哪有精力想那些情情爱爱。

如果他不理她，始终冷冷的、酷酷的，就这样远远地关注他一下，就当作枯燥实习生活的调剂品，偶尔想办法制造出一些暧昧、情调，倒是不错。

不过看关亦有明显的示好，孟欢里反而对他失去了兴趣：这么简单就被打动的一个人，在一起也不会有太多惊喜吧？

她这真是好奇怪的思维方式。

第五节 医师初体验

她和段涓涓从新病房楼出来，又朝门诊大楼走过去。

在医学院的时候，孟欢里很少会穿白大褂，只有实验课上偶尔穿穿，没什么特别的感受。

在医院里就不同了，她俩穿着白大褂路上走着，不住地会有人把她们当成真正的医生，拦住她们问话，虽然什么都回答不上来，只能让他们去问导医，但是，内心深处还是不由得产生一丝丝的自豪。

其实，在刚进校报到时，学校统一给所有新生发放了白大褂，那个时候校园里一眼就能看出哪些是大一新生——面色红润、眉开眼笑、叽叽喳喳好似扎堆的小麻雀。领衣服的队伍排得很长，隔老远就能感受到新生们的兴奋和愉悦。领到的新生们会迫不及待地穿上白大褂，三五成群、互相拍照，将这份兴奋与快乐传送给他们的家人、朋友。

对于那些平民百姓，家里有个将来会当医生的孩子是多么自豪骄傲的事情啊。

那年，孟欢里也照了那么几张传了回去，虽然她不喜欢学医，但是在当时的氛围中她也很兴奋，况且父母对于她的这个成绩还是比较满意的。

妇科门诊在二楼，她们到的时候，外面已经坐了一些候诊的人。天气还比较热，病人并没有太多。在导医的指引下，她们来到代教医生的办公室。

进门桌子的一边坐着一位年龄偏大的女医生，身材较为丰腴，脸庞肉肉的，眼睛眯成一条细线，看着十分和蔼。她身上的短袖白大褂似乎是小了，绷在身上。坐在另外一边的医生比较瘦小，有几分斯文，她们表明来意之后，这位瘦医生亲切地说："我姓石，你们叫我石老师就好，"她指了指胖胖的医生，"她是张老师，你们是哪个学校的？"

没想到代教的老师们很是亲切，特别是当孟欢里说出自己学校的名字之后，两位老师都更加热情了，原来她们四个是老校友，这"命运的安排"让孟欢里对接下来的实习生活稍稍安了心，要知道，妇产科是孟欢里最不愿意来轮换的科室了，总觉得从心理层面上不太能接受妇科检查。

大概是看出了孟欢里和段涓涓的局促，又或者每一个轮到妇科的实习生心理压力都挺大的，石老师安慰她们说：“我们学校的学风是出了名的认真和严谨，医院里都愿意要我们学校的实习生。好好表现，留下来的机会是很大的。”

张老师附和道：“对呀，而且来妇科也不要紧张，”她指了指孟欢里，“这位同学你的个子真高呀，我就羡慕大高个儿，上手术台都不用踩凳子了。”

张老师的玩笑很好地缓解了孟欢里和段涓涓的紧张情绪，简单交代了几句，她们就换上衣服跟着两位老师正式开始了她们在妇科的实习。

石老师和张老师两个人分工，张老师负责门诊工作，石老师负责手术室，孟欢里和段涓涓现在先跟着张老师熟悉门诊工作，从观摩到自己完成检查、填写检查单，学习、熟悉之后，再去跟着石老师学更难的手术操作。

妇科很忙，她俩暂时还搭不上手，只能帮着引导一下病人，段涓涓叫了病人进来之后，孟欢里登记好姓名、年龄，再把病人领到帘子后面的床上躺下，接下来由张老师进行检查，下判断，开出几张检查单，叮嘱病人接下来的事宜，便由她再领着病人出去，换段涓涓喊下一位病人进来。这来来往往、里里外外间，她俩跟流水线似的，无限循环。她站在那个检查床旁边正在天马行空，耳边传来张老师的声音："你们俩谁来试一下？"

还没回过神来呢，张老师已经递过来一只手套，而她那个讲义气的搭档段涓涓非常及时地后退了半步，把她轻而易举就推到了前线。

她只得硬着头皮，战战兢兢地接过手套……

第六节　他走近了

不愿再想……她跟段涓涓愁眉苦脸熬过了一个上午，她知道段涓涓跟自己差不多，也不喜欢学医，比她更甚，至少她不愿意落后，为了争口气也要把一些医学问题弄清楚，某些情况也愿意亲自体验一下。而段涓涓呢，感觉她不是来实习的，什么事都不放在心上，有点呆呆的，非常内敛和怕事，好像要大家都忽略她的存在她才满意。她在学校就是这样，要不是同学那么多年，孟欢里都觉得不太认识她呢！

吃过午饭，大家围坐着说说笑笑，孟欢里想了想，还是掏出手机开始搜索今天张医生提到的几个问题，要说她勤奋好学吧，妇产科课本就躺在她的手边，她完全没有兴致去翻开查找。书上的描述都是专业术语、固定模式，读着生涩难以理解。遇到问题她宁愿先去网上搜，网上的回答虽然大都不那么专业，但是更贴近生活，更容易理解和记忆，而且偶尔会遇到网友的神回复，逗得孟欢里乐不可支，一下子就有深刻的记忆点了，比起看专业书，她更愿意接受这种有乐趣的学习。

就着“学习”下饭后，孟欢里揉揉肚子，收拾碗筷，她感觉自己的胃肠开始工作了，大脑缺氧开始犯困，中医叫作脾虚——她困了。在学校里也养成了午休的习惯，她不由得趴在桌子上想小憩一会儿。

桌子硬硬的，硌得胳膊疼，脑袋怎么放都不舒服，其他几个人还在大声说笑，这样子孟欢里是别想睡了，她迷迷糊糊地站起身来往门外走。

这个房间在一楼走廊的尽头，旁边就是通往楼上的楼梯口，楼梯的下面还有一个小门是开向楼后的，她闲着没事就想了解下这周边的环境。推开门走出去，却正是早晨抄近路经过的后花园。这不是赶巧了吗，这公园可是个休闲放松的好地方。

孟欢里刚坐下不一会儿，早晨偶遇的那个人又出现了，他见到她也不奇怪，环视了下周边，自来熟地说：“这里很不错吧？忙了一上午来到这里就彻底放松，什么都不去想了。”

她点点头，说：“有那么点像世外桃源，这里是什么时候建起来的？好古老哦。”

他告诉她，这个花园跟前面的老楼是新中国成立前一个有钱人建的私宅。早年私宅主人留洋受过西方教育，所以楼的建筑风格有些欧式；而他骨子里又特别留恋中国人文，后花园就完全依照中国园林的风格来建了。新中国成立后，这里被改作医院。经过几十年的变迁，医院一直在向周边扩建，只是保留了这一个角落，始终都没有动，保持着原来的风貌。

她听了他的话，笑笑说：“哦，原来是有钱人家的古宅呀，那我们去那墙边挖挖会不会找到古董呢？”

他竟然接着她的话往下说：“有的话人家也带走了吧！”

说完，他嘴角上扬笑了起来，短促而热烈，毫无征兆，令人猝不及防，两个隐约的酒窝里凝着些许揶揄。眼里的笑意却久久不逝，分明暗含着难以描摹的无限柔情。他那清纯的笑容里，宛若沾满了茉莉的清香，长久地吸引着孟欢里凝望的目光。

他注意到了她的目光，但是完全不在意，像对待小孩子的仰慕，也许历年的实习生对他示好的太多，他已经习惯被关注到不为所动。

他抬手看看表，说："我要上班了，你也去吧，好好学习别迟到了。"

说完回头就走，没几步又转身说："医院的招聘是自主命题，你要是感兴趣，我可以给你提供内部资料哟。"

说完调皮而又神秘地眨了下眼睛，转过身飞快地走了。

偶然的相遇让孟欢里激动不已，心尖的位置像是淌过一阵阵暖流，瞬间盈满了柔软的情愫，像是二月春风拂柳，像是小石子落入平静的湖面，在她本不大平静的心底轻轻扫过，荡起一层涟漪。这种感觉，神秘、模糊还很遥远，对孟欢里而言，摆在眼前的是她的实习、她未来的迷茫。对男孩子，她就只有"远观"的本事，见到心仪的男生，只会默默地关注，从来都不会主动示好，即使有接触的机会也要把自己的情愫压回去，宁愿以朋友的方式相处，假装什么事都没有发生，而最后往往也就真的只是好朋友了。

她沉浸在刚刚跟他在一起的时刻，巨细无遗地回味着，都忘记自己怎么回到的办公室。大家的一阵高声吵闹才把她拉回了现实。

林相君又在讲恐怖故事，大家纷纷围上去要打他，他赶紧求饶。等大家放弃整他，他又嘴贱地添了句："以后你们值夜班的时候，听到走廊里有高跟鞋的回音，可千万不要出去看，那就是冤死的女鬼回来复仇了！"

这一下，大家都不会饶恕他了，吵闹地围住他，让他闭嘴，保证不打死他。

而他却并不屈服，还在争辩，高喊："都是真的！"孟欢里在一边幽幽地说："为什么冤鬼都是女的，男的也有冤死的吧！"

大家一下子安静下来，狐疑地望着她，想不明白她是被什么诡异的东西附体了。

她也吃惊自己怎么会忽然冒出这样的话来，一下子待在原地，不敢动了。

好在丁恩然忽然发现上班时间已经到了，大家才纷纷跑出门去。下午的工作和上午一样充实，引导患者，帮助张老师做指检，收拾检查床，做好记录工作，送走患者后再引进来下一位患者……直到下班时间过了，她才喘口气，拖着疲乏的身子慢悠悠地踱步到外面等公交车。

下班高峰来了，路上车多人多，医院门口更是堵起了长龙，汽车喇叭响个不停。

她盯着手机烦躁不安地等着那永远都迟到的公交车。

等了好久，忽然听到有人喊她，她抬起头看到关亦开着一辆黑色轿车，探出车窗在跟她招手示意，让她上车。

第七节　亲近

她看了看公车来的方向，还是没有踪影，况且即使来了也够呛能挤得上去，她只得迅速地钻进了他的车。

她坐在他旁边，莫名拘谨起来，车里面清凉宜人，有一股冲人头脑的香气。

他倒像是很满意，脸上挂着微笑，见她皱眉，解释说：“早晨带过海鲜，一直有味道，只好放清新剂了。”

她“哦”了一声，沉默。

她正在努力想找个话题聊聊，以解除突然来临的压抑，却听见他说：“我家就住在你家附近，城建家属院知道吗？”

她点点头说：“哦，知道的。”

其实并不算附近，隔了两条街的。那里有个绿化公园，城建自己的家属院，无疑要打造得更适合居住。

车子在等红绿灯，他转头对她说：“我妈让我带东西回去，跟我一起去取好吗？取好再送你回去。”

这显然很尴尬，顺道搭同事的车回家变成去同事家里坐坐，但是又完全没有理由拒绝，孟欢里看他的表情，自然又真挚，只好点头答应。

他带她拐到了一个商业区，众多的商铺中间高高地矗立着几座住宅楼，这就是城建家属院了，算不上地标建筑但是确实很显眼。

到了大门口，他伸手跟门卫打招呼，那个人看到他连滚带爬地进入警卫室打开了电子栏杆。

他开到停车场停下，自然地打开车门邀请孟欢里，孟欢里想说自己在车上等他的打算也泡汤了，来都来了，就当见识见识这里的住宅布局吧。

确实不同于普通住宅楼，地板和电梯口都是用大理石板装饰，楼梯扶手看着像是汉白玉。当然，墙上是看不到小广告的，却巧妙地装饰着水墨画，角落的大棵盆栽也都是新鲜茂盛的阔叶植物。

他按下电梯，感觉瞬间就腾空而起到达了楼层。

她跟着走进去，嗯，好吧，这个客厅只能用“巨大”

来形容。简单的家具，少有的装饰品显得整个空间干净利落；可能平时很少住在这里的缘故吧，少了点居家的凌乱感，也少了些温馨感。

最角落里紧挨着飘窗放着一架钢琴，通体洁白，如温润的美玉，柔和细腻。她走过去，伸手摸了摸琴盖，冰冰凉厚重的质感传上指尖。

“你喜欢钢琴曲吗？”关亦忽然在身后问她。

他放下手里的文件袋，端坐在钢琴前，微微阖眼。下一瞬，轻缓如泠泠泉水般的琴音从他的指尖跳跃而出。

那一刻，孟欢里眼里全是关亦干净的侧脸，在灯光下，他整个人都变得柔和了，仿佛镀了一层柔和的金边。他穿着熨烫妥帖的白衬衣，夺去了孟欢里的所有目光，放大了孟欢里小小的心慌与心动。

她忍不住为他鼓掌，一脸的无辜和无措，脸色也比平时略红。

他无所谓地说：“小的时候练琴觉得烦死了，每天至少两个小时，你要不要来试试？”

她摩拳擦掌，说：“看我的！”

他饶有兴致地看着她，她假装庄重地坐下来，不管会不会，架势已经摆好了。之后，她细长白皙的手指轻轻放上琴键，指尖微动，“两只老虎”的音乐缓缓流出……

“哈哈哈——！”孟欢里的大笑打破了这平静，关亦看着她呆住了，沉沉地告诉她：“小里，你知道吗，你最吸引人的地方就是这份简单的快乐了，随性又肆意，这辈子我是做不到了。”

她不去理他，也忽略自己红红的脸色，若无其事地整理好琴罩，轻轻地说：“我们回去吧！”

他点点头，拿起那份文件跟她一起下楼去。

距离她家还有一段距离，孟欢里让关亦停下车，对他说：“谢谢你，不能请你过去喝茶了，请原谅。”

他笑起来，跟她挥挥手，她转身飞快地溜走了。

一进家门，老妈就靠过来问：“怎么样啊孟医生，第一天上班还好吧？”

她翻了个白眼，说：“是实习生好不好？”

老妈不理她，抓起她的手闻了闻说：“消毒药水的味道，太好闻了。”

在她老妈的众多人生理想中有一个是做护士吧？

老妈虽然没有实现自己的理想，但是，从来不会把自己的意愿强加给她，对于周边的一切，老妈总是很随意的样子，有一种千帆过尽、世外高人的大气和平静。

物欲横流中保持着本质的淡泊并不是一件容易的事，老妈能够这样子可能是因为她的身体状况从小就不是很好。

她从小身体就很虚弱，但是也没有生过什么大病，后来找老中医看过说是先天不足，阳气不聚，阴气伤身。

老妈又问孟欢里："今天有什么新收获？"

她沮丧地说："再次证明我不适合做医生。"

老妈也不介意，说："不喜欢咱就不做，没什么大不了。"

老妈就是这么洒脱，偶尔孟欢里也会像打了鸡血一样想去奋斗，想去为远大的志向拼搏，但总是会被老妈这句话给拉回懒惰的本性。

过一会儿，她忍不住对老妈说："今天安排实习生办公室了，在医院最破的那座楼底下。"

没想到老妈听了，兴奋地说："是吗？你就在那座楼出生的呢！”

她有点惊讶，说：“哦，是吗？没听你说过呀。”

老妈点点头，说：“那楼后面是不是有一个小花园？花园里有个水池对不对？告诉你吧，你出生的头一天晚上，我做了个梦，梦到自己坐在那个水池边乘凉，忽然从水里跳出一条红红的大锦鲤钻进我怀里来，第二天你就出生了。”

她听完瞪大了眼睛，说：“这么说来我是那条锦鲤托生而来的吗？”

老妈说：“那就不知道了，我只在头天下午去那个花园转了一圈，晚上就梦到了。”

停顿了一下，老妈又不确定地说：“这个花园跟你外公家还有很深的渊源。”

孟欢里问：“什么渊源呢？”

老妈茫然地摆手道：“都是些过去的事情了。”

外边有人进来，老妈转身忙去了。她暗暗地想，这么说来自己跟那个花园也算是有那么点机缘吧。

吃饭的时候，老妈又跟她说：“你舅妈打电话来说身体不舒服，我让她明天过去找你。”

她不高兴地说：“我只是实习生，你不要给我乱揽事情呀。”

老妈不以为然，说：“她不是你舅妈嘛！明天到了她给你打电话。”

早在前几天她放暑假时，老妈就跟那些老邻居说她在这家医院实习了，搞得那帮老头儿老太太们来她家超市买东西时，看到她就会咨询一下自己的病情。

第二天早晨，她从家里往公交车站走，远远看见关亦的车停在路边，看到她，关亦下车来说：“一起走吧。”

关亦的殷勤有点吓到了孟欢里，越是主动靠近，她越想退缩，再说，关亦这样的热情算是主动追求吗？还是就是同事之间顺手帮忙呢？他是笃定自己会答应吗？她倒觉得自己跟关亦永远都不会是一类人，他们没法灵魂交流。孟欢里心里想着，但也不知道关亦究竟想要怎么样，虽然本能地想抗拒他，但今天他已经来了，就先跟他一起走，找个合适的机会再让他明白自己并不想接受他吧。万一人家真就只是想跟她做普通朋友呢？自己说不定是多想了。

他们一路沉默着，关亦可能感觉到了她的生硬，也没有怎么说话。

到了医院，她下车便快速溜走，连道谢都没有。

第八节　亲密友谊

到了办公室，第一天见到的一个瘦瘦的和一个胖胖的男生都在，她打了招呼，漫不经心地换好了工作服，边坐在一旁玩手机边想：这关亦到底是什么意思？

想着实在无聊，随便向四周扫视一眼，正好和那个瘦瘦的男生对视一下。那个瘦瘦的男生名字很好听，叫陈锐。他整个人也“瘦”得很“锐利”，瘦瘦的脸上颧骨突出，鼻孔有些外翻，还有点龅牙，看着实在是不算美观。他的发型凌乱，皮肤状态不好，甚至还能看到怒放的鼻毛。再往上就是细小的吊眼了，头发也愤怒地到处伸展着。就是这样的五官组合在一起，却神奇地使他浑身上下多了一股子桀骜不驯的意味，什么都满不在乎的样子。

那个胖胖的男生叫汪小江，又高又胖，大圆脸，有一颗明显的虎牙。汪小江总是打量孟欢里，毫不掩饰对她的兴趣，这种目光侵略性太强，孟欢里很不喜欢。

看到他俩一大早就抱着专业课本死啃，她不禁叹气，他们是怎么样对医学产生兴趣的呢？想想她还是问出了口。

陈锐无所谓地说："我是哥嫂养大的，从小就是学霸，我想报答他们就学了医，想着有个稳定的工作，而且如果家人生病自己也有办法帮上忙。考上医学院之后，发现学医确实很难，很有挑战性，这激发了我的斗志，我自己也越来越喜欢了。"

是个学霸呀，那对自己没有参考意义了，孟欢里心想。小江对这个话题比较感兴趣，也许是喜欢跟她交流，他一下子变身为话痨，从小时候开始讲起来……

他十四岁那年，忽然肚子疼，高烧不退，住院几天也不见好转，还越来越严重。他妈妈急得把他整夜整夜地抱在怀里，以泪洗面。最后医生决定剖腹探查，肚子切开长长的口子之后，才诊断出是高位阑尾化脓了。

等他术后醒来，他妈妈又哭了，妈妈抱着他，他才忽然发现妈妈经过这几天情绪上的摧残，脑袋右半边的头发全部变白了。

这种变化太惊悚了，孟欢里忍不住问：“是之前都是黑的，一夜之间右侧全部变白了，没有一根黑发了吗？

小江点点头，说：“是的，之前没有白发，我手术后醒来，看见她的头发就变成这样了。那种感觉真是痛心，就在那一刻，我立志做一名医生，我不希望我的父母再遇到这种事情时茫然无助，希望以后我可以照顾他们，也可以让他们安心。”

她心里想，这么说来，金庸小说里的李莫愁在被情伤之后，头发瞬间变成了白色是有可能发生的了？但她是满头全白啊，这一半白了是怎么样的状况呀？

她的关注点有些奇怪，但还是问出了这个问题。

小江说，他也分析过这个问题，他们在神经系统学过左右大脑的分工，最大的可能就是右脑掌管情绪和感情的原因吧！

她不禁又是唏嘘不已，人类的情感带来的伤害是多么强大和不可抵抗啊！能够直接摧毁肉体的每一个细胞！

过了一会儿，她正在想得出神，陈锐忽然从后面一下子把她的手机抢走了，跑到一旁大声说：“手机大王！天天盯着手机，这样会老年痴呆的！”

她懊恼地跑过去想要拿回自己的手机，他却灵活地躲到另一边去了。

这个人真不懂分寸！她跟他有这么熟悉吗？真是被他气死！

她着急地大声喊：“陈锐快点还给我！”

他不理会她，嬉皮笑脸地说：“给你可以，那你以后不要天天只盯着手机！”

她更生气了，这又关他什么事呢？她讨厌这种没有边界感、没事找事的人！

她趁他不注意一下冲过去要去抢手机，他却踮起脚尖把手机举得更高。他身高本就比她高出一截，她努力跳了几下还是没能抓到，她急了，用手一下子抓进他的腋窝，用力地挠起来。

他一定是对此很敏感的人，反应之大超乎她的想象，她挠了没几下他居然笑得躺倒在地上，也顾不上她的手机了。

终于拿回了手机，见他躺在地上还是不起来，觉得刚刚的报复还不怎么过瘾，她回身把手机丢进抽屉里，跑过去继续一顿乱挠，这下他是笑得直接要断气了吧！

她俩正闹腾着，办公室的门突然被推开了，关亦和丁恩然走了进来，看到陈锐躺在地上，丁恩然笑着调侃：“怎么啦这是？”

孟欢里呆住了，她看到关亦目光注视在自己抓着陈锐的手上，不知为何，突然心虚，跟兔子似的弹跳起来，离得陈锐远远的。

不对啊，明明他们也没有任何关系，不是吗？这种心虚又是从何而来呢？

关亦的目光像是有形的，一直打在孟欢里身上，她悄悄抬头看了一眼关亦，不得了，关亦的脸黑得像关公。他的眉毛都拧在了一起，咬紧了牙关，表情僵硬地说：“周五有一个实习生分管会要开，你们记得参加。”不等他们回复，他便走了。

丁恩然莫名说：“你们这是在打架吗？”他扶起陈锐，又问，“你惹我们老大了？不自量力了吧？哈哈！”

在校时孟欢里在宿舍里她个子最高，平常那几个小女生遇到什么委屈都喜欢跟她说，她就出头去给她们打抱不平。

她喜欢运动，排球、篮球、羽毛球、乒乓球都可以来几下，经常跟那帮男生混战。一开始他们觉得她是女生都让着她，后来见她扣球、抢球决不手软慢慢也都放开了，除了正规比赛都喜欢拉她一起玩儿。不知不觉就这样子混成老大了。

丁恩然个头不高，性格稳重，是他们班的学霸，他的愿望就是要做一名出色的医生。在学校时他就每天早晨四点起来看书，他们都笑他大学用得着这么拼吗？

他回答说，已经成为习惯了。这是孟欢里一辈子也养成不了的习惯，她佩服丁恩然的自律与坚韧。

丁恩然的话拉回了孟欢里的思绪，关亦既然什么都没说，自己也不应该就先乱了阵脚。她看了看丁恩然，想起来以前在学校时自己的一个小发现——丁恩然应该是喜欢段涓涓的。这份喜欢是从入校第一次校运会开始的，那个时候段涓涓在啦啦队，丁恩然一直在旁边默默帮忙，大家还以为他是在搞后勤，其实孟欢里发现他一直在偷偷看段涓涓，而且只在段涓涓参加的那几场来搞后勤，目的不言而喻！

但这么多年他从来都没有表白过。她自己猜测，可能志向远大的人都需要断掉儿女情长才能有所成就吧，所以他是在努力地压抑自己。

丁恩然又坐到桌子边打开了书，对于实习他是不怎么热心的，他的目标是考研。

虽说医学生的实习至关重要，但是他们大家都明白，实习完成之后就要面对就业。当你进入一家医院顺利上班时，你的动手能力怎么样，你哪个科目比较擅长都无关紧要，医院会按照需要对你重新培养的。

丁恩然的目标很明确，就是学习、考硕、考博、出国，最后进最好的医院，做世界上最出色的医生。

孟欢里喜欢观察身边的人，对情感的传递非常敏感，按照以往她一定会想尽办法全力撮合丁恩然和段涓涓，只是丁恩然的理想真的很具象，一步步他自己都安排好了，导致孟欢里不敢轻举妄动，她最怕她的一顿乱点鸳鸯谱坏了他的终身成就！

第九节　他的另一面

实习生们陆续都到齐了，相互谈论着实习心得。

对于他们这些临床医学专业的学生来说，实习是自由的，所有的科目都要去学，因为真正上班之后不一定会被分到哪个科室。因此每个科室的代教老师都会要求你必须去学习，但都不会特别严格的管教手下的学生。

大家坐在一起闲聊天，忽然陈锐提议周末去游泳。

他们还来不及表态呢，他就隔着桌子指着孟欢里说：“你就不用说话了，必须去！”

她反问：“为啥？”

他振振有词：“科技的进步是服务于人类的，却同时造就了你们这群废物。整天就知道上网待着不动，运动系统都退化了！这样下去人类到最后就真的只剩下大大的脑壳和细细的四肢，走路都成问题了！”

她本来不打算去的，但是听到陈锐胆敢怀疑她的运动能力，这是万万不能服他的，她站起来，跟他叫板：“你那小身板还敢质疑我的运动能力，敢不敢比赛游泳？”

陈锐头一仰：“比就比，怕你吗？”

她说：“好，谁输了下周一请大家喝茶！”

陈锐接招：“一言为定！”

大家吵吵闹闹一番，各自去了实习科室。她正跟张老师后面忙着，舅妈就来电话了，想她天天在家里修指甲看甄嬛，闲得难受，离医院又不远，肯定是会来找她的。

孟欢里出了大门来接她，远远地看到舅妈是跟另一个女人一起来的，这个女人是她外公那边的近亲，她应该叫她小姨妈，结婚后一直住在娘家，都是邻居，所以交往密切。

人与人的相遇真是充满了机缘，看似不经意的一些事，往往就在瞬间决定了你的命运，甚至是生与死！谁能想到后面会发生这么多事呢？

孟欢里领着她俩到了妇科门诊，张老师给舅妈看过之后说是霉菌性阴道炎，夏天这个病高发，塞点药就好了，另外子宫有点大也要去做彩超。

做过彩超之后，舅妈哭着回来了，小姨妈在旁边安慰她，见到她就说自己生了瘤子要死了，表弟表妹都还小，这可怎么办呢！

她接过报告单见上面确实写着子宫肌瘤，就安慰她说："这个没事的。"

张老师也拿过那张报告单看了，说："你这子宫肌瘤没事的，半年随访一次就可以了。子宫肌瘤是良性瘤，恶变概率很小，不用担心。"

舅妈听了这话稍稍放下心来，让张老师开点药吃，张老师说这病没有特效药，不用吃，平时不要乱吃保健品，尽量避免吃含有激素的食品就可以了。

舅妈听了也就不再说话，看看就快到下班时间了，要请孟欢里出去吃午饭，她说要跟段涓涓一起去，舅妈跟小姨妈便坐在外面等她俩下班。

下班后她们几个一起走出来，经过一个大药房，舅妈非要进去买药，说身上有病不吃药总惦记着是个事。

买完药后，她们在路边随便找个小饭馆开始吃饭，中间她那小姨妈提到月经量多一直看不好，在吃中药调理。

孟欢里记起来头天门诊上也来了个病人月经量大，张老师建议取掉节育环再看看。

小姨妈说她也装着节育环，孟欢里就建议她取掉再调理可能效果会好些。

饭后小姨妈抢先结了账，她心想：姨妈倒实诚，不应该是舅妈付账的吗？

吃完饭后告别她俩，孟欢里跟段涓涓回医院上班，段涓涓说：“你姨妈真漂亮，都看不出生过小孩子的。”

小姨妈除了长得好看，性格也温和，举止优雅婉约。孟欢里小的时候去外婆家玩儿，小姨妈那时还在读书，喜欢画各种各样姿态的仕女图，多数都美艳而又伤感。所有能画画的地方——书角、壁画空白处、日历上，都会看到一个小小的仕女头像，全都是她信手画上去的。终于在有一年夏天，她完成了一个大工程——把三大张裱窗纸粘在一起，在上面画了一个像仙境一样的后花园，上面除了亭台楼阁，花木虫草，还有好多美丽的仕女。

小姨妈告诉他们画的是仙女们的生活。画中角落里的一个小亭子里远离众人独自坐着一个满脸愁思的柔弱美人，盯着水池发呆。

小姨妈指着这个美人说画的是她自己。这幅画颜色搭配鲜艳，各种人物生动，看一眼就如同进去游历了一番一样，令孟欢里记忆深刻。

她正沉浸在回忆中，经过一个早餐摊，段涓涓忽然贴着她说："今天早晨我在这里出糗了。"

孟欢里赶紧问怎么回事。

段涓涓说，她早晨经过这里买了两个饼，拎着想回办公室去吃。就觉得周围的人都盯着她看，她也不知道发生了什么事。走不多远才忽然觉得脚上缠住了东西，低头一看，呀，刚刚掏钱的时候，裙子的挂钩开了都没发现，露出白生生的大腿。

她听了哈哈大笑，天太热，她穿的这裙子又薄又短，分量极轻，怨不得掉了她都感觉不到。

段涓涓也跟着笑，说："我还以为自己忽然变漂亮了呢！大家都看我！你不要告诉别人，这太丢脸了！"

孟欢里点点头，揽着她回到科室。女孩之间分享一些私密的糗事，会拉近彼此的距离。上班时间还没到，她们坐在走廊的休息区等着老师们来开门。段涓涓忽然掏出修眉夹来让孟欢里帮她修眉毛，说早晨急急忙忙没有修好，还弄破了一小块皮。孟欢里靠近细看了看，她的眼角确实有一个红红的小疤痕，就说：“哇，痛都痛死了还修眉呢！”

段涓涓却不介意，让孟欢里帮忙拔干净。孟欢里只好照做，每一根毛柱都硬生生给拔出来。

跟段涓涓闲聊着，孟欢里的思绪忽然又飘到了那个后花园，不知道那个优雅的男子今天还会到池塘边去休息吗？

下午又是忙忙碌碌，下班后她穿过花园的小路到了大门口，却遇上了关亦，他把手里的钥匙在她面前晃了晃，她就乖乖地跟着他朝停车场走去了。

相同的下班时间，相似的回家路线，大热天的她没有理由拒绝吧？

况且他也没有表现出来要跟她交往的意思啊？她没有理由拒绝主动过来交朋友的人呀。

走在路上，她忽然想起了周末游泳的活动，何不让他也参加呢？大家一起玩就不会发生什么事情了，也不会显得她过于敏感。

这么多年来她总是有能力把那些对她有好感又蠢蠢欲动的男生们的情愫扼杀在萌芽状态，让他们不知不觉中就变成了铁哥们。这次继续这样做。

他听了她的邀请，问她都谁去之后，说："我晚上回复你。"

吃过晚饭后，关亦微信过来说他愿意跟他们一起去，不过想带上他们小分队的几个人。

她说："好呀，大家一起玩儿更好啊！"

接着他就发过来全套的攻略——考虑到夏天游泳池的人多数都是下饺子，他选择了一个稍稍偏远一点儿的郊区别墅，是自带游泳池的，大家拼车过去，来回也很快的。那里休息和运动更舒服，绝不会被挤到，至于费用他会动用一点儿实习生的活动经费，大家再平摊一些，问她觉得怎么样。

这个行为瞬间拉升了孟欢里对他的好感，这种有条理的行动派，孟欢里向来是佩服的。除了点赞她还有别的能耐提出异议吗？立刻就转发给了另外几个同学，大家都拍手称快。

周末，他们几个到了约定的地点，不一会儿就有三辆车开过来，她拉段涓涓、丁恩然上了关亦的车，另外的人分散到后面车上去了。

一行人沐浴着明媚的阳光，浩浩荡荡地出发了。

第十节　游泳的真正乐趣

孟欢里悄悄地回头瞥了一眼后面的两个人，丁恩然心里一定是乐开了花，始终抿嘴笑着。段涓涓呢？一脸漠然盯着窗外的风景发呆，完全不在意身边的丁恩然。有几次孟欢里有意无意地暗示过段涓涓，丁恩然对她是有好感的，她听了咧嘴说："他那样老实，完全不着边嘛！"

在她看来丁恩然是优秀的，跟段涓涓也很搭，为什么段涓涓这么排斥他呢？她转念一想，虽然丁恩然很优秀，她同样不会把他当作男朋友候选人不是吗？小女生还是喜欢帅的、吸引人的，哪怕他不靠谱。

到了地方，关亦早就打点好了，他们顺利地进入一处豪华别墅，换上泳衣站到镜子前整理的时候，她才意识到一个问题：穿着泳衣是不是暴露的地方太多？她要这样子出去面对天天在一起上班的男人们吗？其中还有那么几个危险的人物。

她明白为什么一提游泳男生都马上赞成了，除了真的喜欢这项运动就没有其他的了？

平时也会常到泳馆去，怎么就从来都没有想到过这个问题呢？也许大家真的只是来游泳的，是她想多了。不过真的从来都没有跟不太熟识的男生一起游泳呢。

正纠结不清，段涓涓也已经换好了泳衣，她很自然地过来跟她一起往外走，像是完全没在担心这些问题。

看她平常很文静，现在却是这么放得开，她也就努力地压抑拘谨，从容大方地走到了水池边。

几个男孩子早就站在泳池边左右活动着肢体做放松动作；她一出现，陈锐就靠过来要开始比赛，嘴里还在叫嚣着一定要赢她。嗯，果然是她想多了，陈锐能有什么坏心思呢，他只是想赢比赛而已。

她偷偷瞟了一眼关亦，他的脸虽然肉肉的，没想到身材这么好，肌肉条条分明，特别是汪小江站在他旁边，显得他更高更有型了。只见他做好了放松动作之后，从跳台上以非常标准的姿势一下扎到水里去了。

她躲开陈锐的纠缠，敷衍他先游几圈找找感觉再比。

段涓涓不会游泳，孟欢里带她到浅水区，站在水里跟她说话，示范给她简单的游法。段涓涓好像对于任何事都不怎么热心，工作是这样，连游泳也是这样。

关亦游过几圈，到池边的椅子上坐着休息，跟他一起来的有之前见过的那两个女生，还有陌生的一男一女。

他们几个坐在一起，围成一圈，大声交谈。显得跟陈锐和汪小江格格不入，轻易地就分成两拨人。

相君跟怡美早就不知道躲到哪里去逍遥二人世界了。

丁恩然游得也不怎么好，在池边乱扑通。汪小江独自坐在池边不知道在琢磨什么心事。只有陈锐，在水里游来游去，认真地做着热身。看来他对这场比赛势在必得，看到孟欢里打量他，还冒出水面嚣张地比了一个点赞的手势。

很好，陈锐激发了孟欢里的斗志，她离开段涓涓游了出去，对于水的掌控让她如此愉悦，水给她的力量让她行动自如，飘然欲仙，被柔滑持续地包绕着，自由而又如梦似幻，像是在飞翔，人类竟可以有如此美妙的感知。

游过几圈，她又回到段涓涓身边，刚刚站定，却有人在水下一下子拽住了她的一只脚，她没有提防，失去了平衡向水面倒去。定眼一看，又是陈锐在搞怪，孟欢里气得用手推起水花直砸到他脸上。

陈锐单纯地笑着，抹掉水珠，认真地问她："你是不是怕了，还比不比了？"

她说："当然比了！你找个裁判。"

他说："就丁恩然好了。"

她说："丁恩然不会游泳，不敢去深水区。"

他就转身，高声地呼喊关亦，想必他也看出来关亦的动作很标准了，一看就是经过专业训练的，让他做裁判最合适。

关亦答应着，从池边走来，其他人也都跟着围过来，听说他俩要比赛，他们也都热情地响应起来。有个没见过的女生也要跟他们一起比。

她的脸又圆又小，卷曲的睫毛扑闪着像极了洋娃娃，胸圆腰细，浑身的皮肤都是偏暗的小麦色，一看就经常运动，想来也很会游泳。

第十一节　各取所需

这女孩是关亦的表妹，叫牟静。一听孟欢里和陈锐要比赛，她也要加入进来一起比，还不住地问：“赢的人有奖品吗？应该有个奖励吧？”

陈锐打断她说：“你尽管比，赢了自然有奖品，最后一名要出钱买奖品！”

牟静听了，打了个响指：“OK！这样才棒！”

刚才看到他们几个游泳的水平，想必关亦也都看在了眼里，他就依此制定出了规则：“你们就不要求动作的标准了，男生女生的体能耐力不同，为了体现公平、合理，你们就游到对面再游回来，先到的为赢，就不管以什么泳姿了。”

他们都赞成，在关亦的口令下他们三人同时跳下了泳池。

虽说孟欢里对自己的运动能力非常有信心，但陈锐到底是男生，体能了得，又是潜泳，钻进水里像泥鳅一样一会儿就没影了，她和牟静这些花架子哪是他的对手。

奋力游了一会儿，回头看看牟静也是没能耐赶上陈锐，忽然她想到了一个方法，稍慢下来等牟静靠近，她悄悄地跟她说："等会儿陈锐回来你想法子绊住他，让他输掉请我们喝茶！"

牟静也看明白自己不是陈锐的对手，听她这么一说，立刻高兴地答应下来，说："这个我擅长，你加油！"

孟欢里点头，对她竖起拇指，转过头又开始用尽全力地往前冲去。

陈锐游到对面往回返的时候，迎面遇到了过来捣乱的牟静，他还没弄明白怎么回事，就陷进了牟静的纠缠，孟欢里轻松从他们身边超越过去，不一会儿就到了岸边。

他们几个都为孟欢里欢呼起来，她也很高兴，爬上泳池边高兴地跳起来。

陈锐和牟静也游回来了，陈锐不服气地说："她们俩设计我，这个不算的。"

孟欢里在泳池边得意地对他说："裁判说过不管手段的，这叫兵不厌诈！"

她举起手跳着，庆祝胜利，回身正撞上关亦的目光，他表情呆滞，呼吸急促，好像傻了。孟欢里伸出手在关亦眼前晃了晃，他才跟回过神似的同她对视，但他的脸却肉眼可见地红起来，孟欢里还来不及调侃两句，关亦手一扬，把自己的大浴巾扔到她胸前，转身落荒而逃。

孟欢里不知道的是，她从泳池冒头的那一刻，关亦的眼里就只有她了。点点水珠好像放大了她的美貌，不同于平日的休闲，泳衣勾勒出她婀娜曼妙的身材，修长雪白的美腿在水下若隐若现，可谓是肤如凝脂，眸若秋水，琼鼻挺翘，红唇瑞泽。关亦的脑袋嗡嗡地响，身边的一切好像都消失了，只剩下孟欢里清脆甜腻的笑。

逃走的关亦端了几种饮品又回来了，大家取自己喜欢的倒着来喝，随意地散在各处。孟欢里收拾了一下，披着关亦的浴巾安静地坐在椅子上休息，人群散去，关亦顺势坐在她旁边也不说话。

孟欢里抬头环视四周，见小江亦步亦趋地跟在和关亦一个办公室的女孩旁边，极尽讨好献媚之能事。听说那是主任的女儿，她留着短头发，中等个子，神态傲慢，举止一本正经，有板有眼的。对于小江的殷勤她还是有一些受用的，掩饰不住脸上的得意。

坐了不一会儿，陈锐靠过来，大剌剌地拿过一瓶饮料仰头就灌，吞下之后对她说："我愿赌服输，周一请你们喝茶。"

孟欢里霸道地说："当然一定要的。"

旁边的牟静听了，靠过来，说："我也要！"

陈锐看看她，说："本来不该给你，坏了我的大事！算了，不跟你计较，你也来好了。"

牟静听了开心地欢呼起来。

孟欢里的情感雷达又响了，她看了牟静，感觉又看到了一对未来的"小伙伴"。

第十二节　恋爱突然降临

游泳活动结束了，大家逐个散去，牟静也忙自己的事情去了。最后只剩孟欢里一个人还没走。关亦不知道哪里去了，等人都走了，他冒出来说一起回家。车子行到一个窄窄的小巷子，关亦一下子拐进去，停下车才跟她说："这家的咖啡不错，带你来尝尝。"

孟欢里跟着他进去，狭长的门面里别有洞天，实木地板、柜台和桌椅，温暖厚重，各处巧妙的装饰着精巧的小盆栽，另外还有藤蔓爬满屋顶和各个角落。她惊叹一声，这个小绿屋不就是梦境中自己想开的那种小店吗？

关亦对她的反应很满意，带她到角落里坐下来。

他应该是这里的常客，只让服务员问她想喝什么，过会儿就端来了两个杯子。

她端起来抿一口，淡淡的拿铁确实是有股不一样的丝滑香气。

放下杯子，她的手放在桌面上。他像是无意，手也放下来，碰到了她的手背，她立刻抽走了，抬起头看向他，只见他有点儿气恼地把手盖在了嘴上，目光不明。

他静静地等她喝完最后一滴咖啡，冷着脸结了账，也不等找零，转身就走。孟欢里觉得有些莫名其妙，

孟欢里开口喊了关亦一声，没想到他不理她径直走出去了，她以为他没听见，想到外面再提醒他一下，坐进车里，她才发现他始终沉浸在自己的思绪里，根本就忘记了刚刚付账的事。

她根本不需要提醒他的，只能在心里感慨，大少爷的行为举止让她这等市井小民真是难以理解。

到了她家附近，车停下来，她开门下车，他跟过来问："明天一起去打网球吗？"

她说："今天太累，明天想休息了。"

说完她转身就走，他一把抓住她的胳膊，让她回过身来，对她说："那你好好休息，周一早晨一起上班吧？"

她明白了他的意图，即使他没有明确地说出来，他的

优秀表现像一张网一样慢慢地俘虏了她，她不想就此屈服，心里有一个模糊的声音告诉她，他并不是她要去的方向。但，她究竟在期待着什么？大起大落让人窒息的旷世之恋吗？谁知道有几个幸运的人能够遇到啊？但目前来说，她并不想陷入一段感情中。

她又拒绝说："算了吧，我自己坐公交车。"

没想到，他听了她的话，忽然放开抓住她的手，冷漠高傲地说："你说算了那就算了吧！"

说完转身就走。

她确定自己真的还没有那么在乎他，只是，他转身离去，她的内心又似乎燃烧起了一团火焰，为什么听他说出算了的话来，自己心如刀绞？她盯着他决绝转身的背影，忽然想到如果他就此离去，再也见不到他了，她会伤心吗？泪水一下涌上眼眶，她强压抑住声音，在他后面喊："你确定是算了吗？连朋友也不做了吗？"

他听到她的话，转身回来一下把她抱在怀里，紧紧地搂住。

他的怀抱是温暖宽厚、充满疼爱的，孟欢里从来都没有体验过来自异性的坚定慰藉。这么多年她的孤独已经如影随形，但在相拥这一瞬间她好像被一团云填满了，飘飘然，那些不安与纠结瞬间就烟消云散了。很明显她需要这样的陪伴，那自己还在坚持什么呢？

缴械，她不想盲目等待，也不要迷茫不前了。还不清楚想要什么样的情感，那就要眼前的沉迷和安定吧！

他的胸膛理解了她的屈服，一下子低下头来压上她的嘴唇——对大脑轰然失去知觉的很多次想象并没有到来，浑身上下全都晕厥的感觉也没有感受到。她头脑清醒地意识到初吻并不像自己看的小说中写得那么神奇，但她的心却是忽然就酸楚起来，眼睛里的泪水终于夺眶而出。他更加用力地抱着她，嘴巴稍一用力吸走了她的舌尖，连同快速跳跃的心一并吸走了，留下空荡荡的躯体一下子松软地跌进他温柔的怀里。

或许女人想要的就是这么简单，踌躇不前等着你坚定的选择。她忘记了坚持了很多年的标准，忘记了关亦有很多不合心意的特点。一次也没有记起后花园的那个男人，虽然他是如此符合她对恋人的想象。

回到家里，她脑海中反反复复想的全都是关亦，甚至抓起衣服深嗅他留在她身上的味道，心动的情绪来得摧枯拉朽，她弄不明白自己这是怎么了，实际上很多事情在之前并没有特别的不同之处啊，她却忽然就陷入了恋爱之中！

很晚的时候，关亦给她打电话，他的声音兴奋而又满足，主动要唱歌给她听，他唱的是粤语的《海阔天空》，她并不知道他为什么而唱，轻柔而又忧伤的旋律，听着他低低地吟唱，自己立刻就同步了他的全部感受。

第十三节　他在乎吗

孟欢里躺在床上一整夜，大脑里还是塞满关亦的一切，无法释怀。

早晨，她走到街角，远远地看到关亦站在车旁等她，脸一下子红起来，那么期待见到他，却又忽然觉得尴尬和难为情，被他吻过之后再也不能豪迈了吧，反倒不知道怎么才能非常自然地面对他。

孟欢里举起背包挡住自己的脸从一边坐上车，关亦也坐到车上，用手扯开她的包，伸出手来拧她的脸颊。他的脸只是变得更加亲切而已，并没有多么可怕嘛，她一下子大笑起来，瞬间就觉得浑身轻松了下来。

这并没有什么好难为情的，他的爱恋毫不掩饰，她也没有必要去躲闪，坦然地享受，这本来就是恋爱中自然而然的一件事。

进到办公室，孟欢里愉快地跟大家打招呼，浑身轻松愉悦，同事们也发现了她的异样，弄不清楚是怎么回事，都说她是春风得意了！她就哈哈地跟他们笑闹！

牟静来到他们办公室，没穿工作服，应该是刚从家里赶来的。

听怡美说，牟静跟关亦一样，都是来医院混个编制，之后再谋发展的，但后来孟欢里发现，牟静本人却对医学兴致很高。

牟静进门随意嗨了一声算是打招呼，拉把椅子就坐下来，双脚抬起来支到桌角上，掏出手机低头玩着，她显然是来等着陈锐兑现承诺的，其他人她懒得去理。

牟静戴着宽墨镜，进门也不取下来，神态漠然傲慢，明显是个蛮横的小公主，大家也就不去理她。

过了一会儿，陈锐回来了，他进门看到牟静的脚抬在桌子上，一巴掌拍上去，斥道："不会好好坐？像什么样子！"

牟静的脚被他一下拍下桌面，倒愣住了，想要反驳回去，但最终忍住了，乖乖地端坐好。紧接着陈锐伸手扯下她的墨镜，扔到桌子上，说："在屋子里还戴个这玩意儿，你是瞎子啊？！”

牟静觉得特没面子，想要反抗，从小到大，还从来没有人敢这么对她。她的性感双唇紧紧抿着，最终却还是忍了下去。只问他：“说好的请我们吃的茶点呢？不会是怕了吧？”

陈锐说：“你太小瞧我了吧，看看这是什么？”

他拿出一沓广告单每个人分到一张，说：“这个是他们极力推荐的，你们一人点一份自己喜欢的口味，我来下单。”

大家开始兴奋，纷纷挑选起来。

孟欢里在旁边把他俩的反应都看在眼里，心里想，他们俩那天在水下没发生什么重大事故吧？怎么这个刁蛮的小公主完全顺从陈锐呢？

上午忙碌中，孟欢里忽然想起后花园的那个男人来，不知道他最近怎么样了，好久都没见到他了，要不要过去看看他呢？但是，见到之后又能怎么样呢？倒不如过去看看关亦在干什么吧！

她悄悄地一个人到了关亦的办公室，轻轻敲门，他开门看到是她，拉着她的手进了他的办公室。

别人都出去了，只关亦自己在。她绕过办公桌，走到窗边向外看，果真是能看到外面的人工湖的，视野开阔，空气清新，感受大不同。

关亦走过来，从后面将她圈住，唇压过来，轻柔地亲吻她，她老老实实地站着，任他摆布，不知道怎么回应他。

正在这时，外面响起钥匙开门的声音，是他们回来了，关亦赶紧推开孟欢里，重新坐到椅子上，伸手拿起一沓试卷递给她，假装冷静地说："你回去拿给他们都做一做，最好下午交回来。"

对于关亦如此迅速的转变，孟欢里有点吃惊，更多是失望，他怎么像是非常害怕让别人知道她和他在交往呢？这让他很丢脸吗？

她接过试卷，转身走出来，他们几个都围着办公桌坐着，一个男生喊她："孟欢里！怎么是你呀！"

她看过去，是她的同班同学陆萧椿，跟打过招呼后，问他："你不是出国了吗？"

陆萧椿笑着说："离不开我们伟大的祖国呀，只有我哥哥出去了。"

他瘦瘦高高的，顶着一头最酷炫的造型，气质有点儿阴柔，在学校里时，经常跟她后面喊她老大，跟着她混。后来说是出国了，就没有联系了。

刚刚关亦急着跟她撇清关系，她心理很受打击，难不成追到手就要默默屈从吗？这不是她的个性，倒想报复刺激一下关亦了。她超出平常的热情，握住陆萧椿的手说："真是有缘分，以后一起玩儿吧！"

他说："哦，那太好了呀！老大，想不到回来第一个见到的同学是你！"

她点头说："有时间就约吧！"

说完抽出手来转身走了。

出门来，关亦紧接着就发过来一条消息，她想他是介意了吧？点开一看，却不过是试卷的答案，让他们都抄好了交给他。

唉，怎么会这样呢？他是根本就不会在乎她跟谁出去玩儿吧。

第十四节 专业问题

中午，回到办公室吃过午饭，孟欢里又想睡觉。关亦对她的态度让她患得患失，这是就恋爱吗？刚刚开始恋爱的女孩都这样吗？孟欢里对关亦的感情没有把握，难免惆怅伤感。想要去后花园排解一下，不知道会不会再次偶遇那个人，遇到了又该说什么呢？

来到这个凉亭，她飞快地环视四周，那个人并不在，她心里一阵轻松，紧接着却是更多的失落。

叹口气坐在亭子的靠椅上，紧接着便看到，那个人就站在池塘对面的垃圾桶旁边猛力地吸烟呢！

孟欢里又反射地弹跳起来，趴在扶手上探出身子对他挥手，他终于看到了她，把手里的烟摁掉，从小曲径上往她这边绕过来。

她是不是表现得太热情了，要不要假装冷漠一下呢？

等他站在她面前时，她确定自己是想多了。

他盯住她，眼睛里有疑问，因为刚刚孟欢里喊他，他以为孟欢里找他有事。

哦，看来没有事他是不希望被打扰到的。那就找点事情问问他，孟欢里迅速地转动着脑筋，想到了："你不是说有招聘的题库给我吗？"

他听了孟欢里的话，扯着嘴角笑起来，说："你终于想到需要题库了吗？那你必须出色地完成实习任务，再告诉我你喜欢的科室才能给你。"

孟欢里皱眉说："这样啊！"

他说："是的，怎么样才是出色地完成实习任务呢？妇科你必须学会指诊，产科你至少要助产一个胎儿，儿科你要学会补液，胸内科要做一个胸穿，消化内科你要学会诊断急腹症，脑外科要做一个腰穿，骨外要上台一个胫腓骨折，普外要作为第一助手上一台阑尾炎手术一台斜疝手术，眼科呢要跟着做一次晶体置换手术，皮肤科要学会常见的性病诊断……"

她听得要晕厥过去了，见他还是没有要停住的意思，只好坐下来，拿出手机认真地说：“你说得慢一点，我都记下来，一个一个地去实现！”

那个男人在孟欢里身边坐下来，说：“这样才对，你做好记录，我会去巡视提问的。”

说完，他叹口气独自沉思，不再理她了。

孟欢里完全没有信心出色地完成实习任务，拿眼角悄悄地瞥了他一下，只见他紧皱眉头思考着什么难题，就问：“你遇到难题了？”

他用双手插到头发里，用力地往后顺下去，说：“新病房楼启用了，问题就接二连三地出来了。”

孟欢里说：“就是那个高级病房楼吗？今天上午我还去过呢，里面真是豪华呀。”

他说：“越是豪华涉及的资金就越大，问题就会越多。”

他不再说下去，目光呆滞地盯着前方，孟欢里静静地坐在他身边，明显感觉到了他那不知道来自何方的强大压力，压得他喘不过气来。

去妇科门诊实习已经好多天，没什么新意了，回到办公室孟欢里跟段涓涓商量：要不要去门诊手术室跟石老师学习？段涓涓点头同意了。

来到手术室，石老师正在准备给一个怀孕病人做人流，病人已经躺在床上，她在给病人做指检，见到她俩进来，就让她俩分别摸了一下。

石老师问：“你们俩谁能给我描述下黑格氏征？”

多么让人尴尬的沉默，石老师一定会觉得，现在的毕业生果然是一届不如一届了。

孟欢里努力地回想，一点相关的信息都没有想起，越是着急，脑子就越是一片空白！

石老师倒是没有表现出不屑，只耐心又真诚地说：“临床实习的时候要结合理论知识，课本至少要看几遍的。”

她们只能点头称是。

上午做了三台手术全是人流，意外怀孕没法要，男朋友又不负责，有的连人都不出现，实在是替那些女孩心酸。做完手术孟欢里和段涓涓沉默不语，过了好久，石老师轻轻地说：“你们要不还是先回办公室吧？”

段涓涓点点头，跟孟欢里一起往回走。

孟欢里心里默默地下了决心，那就是一定不要意外怀孕。

下午，试卷抄完之后，丁恩然让她再交回关亦那里去，她不想见他，陈锐以为她懒得跑，嘲笑了她一通自己拿去交了。

下班时，她提前几分钟溜走，坐上公交车，刻意避开关亦，他也没给她打电话过来问她。

下公交车走到街角，却看到他已经等在了那里，他脸色惨白，眼神呆滞，也不知道等了多久，感觉双腿都不听使唤了，身子正微微地颤抖着，看得孟欢里的心也软了，但还是不想就这样简单地原谅他，便冷着脸准备从关亦身边走过去，至少自己气势上不能输，不能轻易被苦肉计折服。错身的一刹那，关亦轻轻抓住了孟欢里的手臂，孟欢里听到他沙哑地说："对不起……"要原谅吗？孟欢里停住了脚步，还没等她想清楚，关亦突然发力，将她拽到车边，低下头，一只手捧着孟欢里的侧脸，另一只手伸入她的发中，用力地吻她的唇。跟他狼狈、冰冷的状态不同，他的唇是温热的，带着浓烈的酒味。这样亲密的姿势，喷洒在孟欢里脸上的温热气息，让她立刻就屈服了。

一眼就能看穿的男生她不会喜欢，她也不喜欢听她任意掌控的男生。关亦无疑不是这样的男生，他坚持着自己的方法，自己的路，并不会多解释一句，孟欢里会因此而丢掉这个刚刚到来的恋爱尝试吗？她只想继续下去。

跟关亦就这样交往着，上下班多数会一起走，有时下班也出去转转，周末一起看电影，偶尔也会闹点小别扭。

第十五节　接触临床

时光飞逝，孟欢里和段涓涓的实习有一天没一天进行着，离开妇科门诊，轮转到了产科病房。

那天孟欢里跟段涓涓刚到科室，就从外面急急地推过来一个产妇，让她俩帮忙推去产房，她是经产妇，二胎比较快，已经进入了产程。

患者疼得嗷嗷叫，一旦缓下来却又满脸笑容，对孟欢里和段涓涓说："你们没结婚的小姑娘看到生孩子的场景不害怕吗？怎么就从事了这个职业？"

孟欢里不理解女人生孩子的心情，也就没有跟她多对话，到了产房外面，里面有人接手推产妇。一个护士跟她们说，实习生可以跟着进去，孟欢里和段涓涓就到更衣室换鞋换衣服，戴上口罩和帽子就跟着进去了。

里面有好几个产房，走廊里来来往往几个护士跑来跑去忙碌着，忽然迎面看到陈锐走过来，孟欢里抬手拍了拍他的肩膀，他双眼茫然地看着她，没什么反应，好像不认识他们一样。孟欢里一下又想到，可能自己浑身上下的装备，只露两只眼睛让他真的认不出了？就笑骂道：“是我，孟欢里啊！笨蛋，这就认不出我了？”

他这才笑了，挠挠头说：“真的认不出了。”

看来平常喜欢看别人的眼睛还是有好处的。

陈锐带她俩进了一间产房，一个产妇正到了关键时刻，生产的画面惊得她跟段涓涓大气都不敢出，躲在远处看着。

台上的几个人见陈锐进来，马上跟他喊：“陈锐快上台来。”

陈锐听到，在护士的帮助下麻溜地穿起手术衣，戴上无菌手套就上台帮忙去了。

不知道他来产房实习几天了，这么快就上手看得她俩很惊讶。

不一会儿一个血淋淋的小娃娃就被拎出来，他们先清理了呼吸道，又拍了一下他的小屁股，小娃娃哇哇大哭起来。

整个产房的紧张气氛到现在才稍稍放松下来，护士报了出生时刻，将婴儿放在电子秤上测体重，然后开始调侃评论起这个刚来到人类世界的小家伙了。

第二天上班后，孟欢里刚到科室，就见陈锐拿个换药包说是去给出院病人拆线，他问她要不要一起来，她答应着跟他一起来到了病房。

到了病床前，孟欢里才看到牟静也在，她还没有轮转到妇产科，怎么就忽然对产科来了兴致呢？还窜到他们小分队里来了？

陈锐轻轻地拆开病人的敷料，仔细观察评估了刀口的愈合情况，就开始动手了，边示范边细细地给她俩讲解："这消毒棉球要先擦中间的刀口中央，然后再擦两侧针眼部分，最后往外扩展一些。现在开始剪线，镊子提起线头来，剪刀要紧贴一侧的皮肤上剪断，往外抽线要干净利落，又不能用力过猛，防止撕开刀口，用力的方向也要注意，要往拉紧刀口的方向用力。提起线头的时候也要小心，不要把始终裸露在外面的那部分线拉进皮肤以下去。"

同样是实习，差别怎么这样大呢？她和牟静崇拜地看着陈锐，第一次对实习产生了兴趣。

到了下一个病床，病人要换药，牟静要求要试一试，陈锐就在旁边指导，牟静笨手笨脚的，免不了又挨几句骂，但是她却喜滋滋地跟着学。

段涓涓自从来到病房，就没跟他们一起过，跟她分在一个宿舍的实习护士也在这个科里实习，段涓涓就天天跟在这个实习护士后面学扎点滴，段涓涓告诉过孟欢里，其实她一直是想做一名护士，不愿跟他们一起学临床的工作。

有一天，孟欢里正在病房里忙，忽然小姨妈给她打电话来，说是要过来找她，身体不舒服。

见面之后，孟欢里带她去找医生检查，查来查去发现是怀孕了。

上次小姨妈来找孟欢里，孟欢里告诉她调经效果想要好一些的话，需要把节育环取掉，不想这就怀孕了，孟欢里不禁自责起来，都怪自己没有再提醒她小心不要意外怀孕。

没想到小姨妈并不介意，反而很高兴地说这个孩子她想生下来。

她问："确定吗？"

小姨妈儿子都七岁了，没想到她再一次坚决地说要生下来，之后她匆匆告辞了。

第十六节　平常不努力的恶果

忙了一天，回到家里，孟欢里跟老妈说小姨妈又来找她了，还讲了小姨妈怀孕的事。没想到老妈一听，唏嘘地说："她那个性格，唉，怎么她就这么想不通呢！"这话勾起了孟欢里的好奇心，老妈缓缓道来……

小姨妈是家里的老二，上边有个姐姐，下面有个弟弟，有道是老大宠老小娇，中间是个受气包。她父亲是国企职工，退休的时候有政策，子女可以接班，家里理所当然让大姐接了班，她不服气，从小就什么事都让着大姐，这次她想争一争，但到底是没有拗过老母亲，还是大姐接班成了一名国企正式员工，而她也没考上大学，就到处打短工。

大姐上班之后，就经人介绍认识了建筑公司正式员工的大姐夫，双职工家庭当时是吃香的，生活水平高于普通市民。

小姨妈后来嫁了个外地打工的,没有房子就住在娘家。

后来弟弟也结了婚，还是住在一起，大姐夫后来边上班边在外面自己揽生意做，收益不错，日子越来越红火。小姨妈就过去给大姐家打工了。想她是一个心高气傲的人，怎么会愿意给大姐当员工呢？也是迫于生活的压力吧……

第二天去上班，孟欢里忽然想起来花园的男人给她的实习计划中有一条是在产科要做一次助产，就问陈锐可不可以像他那样上台做一次助产，他告诉她：“最近实习生多了，来了一批助产专业的，想要上台不太容易轮到，那些代教老师愿意带助产专业的学生，不愿意带临床专业的学生。”

他又说：“晚上学生来的少，可以晚上过来找机会上台。”

听了他的话，孟欢里就真的安排了一次晚上过来值班的时间。

一直到产科病房的实习就快要结束了，她才下定决心晚上来跟着学一夜。

把这个计划跟家里人说过之后，大家都非常支持，只问夜班有没有地方休息。她知道实习生是没有值班室的，如果累了也没有床能休息，但她为了不让家人担心就说有地方睡。

那个下午下班后，关亦问孟欢里要不要一起回家，她跟他说想要在夜班等着来个产妇做一次助产，他听了她的决定大加赞赏，便自己回家去了。

晚饭后，很多住宿舍的实习生会到科室里来看书，伺机能帮上医生忙的就抢着动手。没想到她今晚也加入了这个行列。

几个人都在医生办公室坐着，专等有产妇来就跟着上台。

陈锐和小江也在，他们的动手能力经过这些天的学习已经突飞猛进了。他们正安静地看书，牟静忽然也来了，手里领着路上买来的鸡块，进来直接放到陈锐的面前说：“非常好吃，请你尝尝。”

陈锐也不客气，打开抓起一块就大嚼起来，还把剩下的分给大家吃。

直到晚上十点也没有等到新的产妇来，大家纷纷回去睡觉了，孟欢里铁了心要做一次，就继续在办公室等。

很晚了，她迷迷糊糊地趴在桌子上睡着了，睡得正香，只觉有人拍她说："产房需要帮忙，你快去！其他人不在。"

孟欢里听了赶紧站起来往产房跑去，到了产房她迅速地武装好，跑到产床前，只见小孩子的脑袋已经出来了一小部分不再往回缩，医生尽力张开手掌，用虎口紧紧贴在小孩头部的下面保护着产妇，防止撕裂。见孟欢里进来，医生喊道："同学快点上台来，准备侧切。"

孟欢里听到医生的吩咐，赶紧跑到旁边的无菌车边，伸手去拿上面的手套，同时听到护士在产床边大喊："不要动！"

但是，已经晚了，她已经把那手套抓在了手中。

护士懊恼地说："这学生真是不行，怎么什么都不懂呢？医生这怎么办？"

台上的医生对护士说："再开一包一次性用品吧！"

说完又对孟欢里说："同学哪个学校的？无菌操作没练过吗？今晚不要上了，在一边先好好看看！"

孟欢里小声地报出了自己的学校，那医生又说："你们学校的学生基本功很扎实，你要努力了。”

孟欢里羞愧难当，懊悔平时没有努力，心里开始痛恨自己的散漫。无菌车上的东西都是不能用手直接去取的，要护士用长钳夹给你接住。刚刚一慌神竟然什么都给忘记了，还把一整车的无菌用品全都给污染了。

他们有序地忙着，孟欢里站在一边瞪着眼睛看。她只觉得自己的一颗心在怦怦怦地狂跳，整个世界似乎都被这剧烈又沉重的心跳充满了，她的肌肉都绷紧了，双手不由自主紧握，很短的指甲也嵌入了肉里，而她却像感受不到痛一样，满心都是羞愧、悔恨。手术室里大家都在各司其职，只有她在无地自容。

又看了一会儿，她悄悄地溜了，难过至极，情绪低至冰点，平时不努力，关键时刻还想变身全能手，那只是自欺欺人！

第十七节　真正内涵

孟欢里的脑海中反复回放失误的那一瞬，越想越难过，到后来觉得这不只是丢脸的问题，挫败感深深地打击到她，无法释怀。

回到办公室，她打电话给关亦，跟他说了刚才的经过，又开始诉说她的感受。他认真地听完，之后说过来找她。

坐进关亦的车里，孟欢里还是没有恢复过来，提不起精神，关亦问去哪里，这种心情之下，她只想喝酒让情绪来解脱一下。

来到一家僻静的酒吧，里面灯火昏暗，没有几个人，轻柔舒缓的音乐低低地流淌。他帮她点了红酒，她失神地端到唇边，轻轻地吸下去，慢慢就放松下来。

过了好久，关亦才轻轻地跟她说："你没必要这么在意，理论学得好与不好都是要多动手才能避免错误。陈锐他们第一站是急诊，动手的机会相对多一些，无菌操作这一块当然就无比熟练了。等你去过外科之后就知道，这些基本操作在无形之中你就能熟练使用了。”

听了关亦的话孟欢里稍稍地缓和下来，心里也暗暗地下决心，以后不管做不做医生，都要先把实习好好做完。

出得门来，关亦问她：“送你回家吗？”

孟欢里摇头说：“我跟家人说今晚值班一整夜，要帮忙接生几个娃娃。现在回去都不知道怎么去解释，太尴尬了，而且家人也都睡觉了！”

关亦听了，缓缓地说：“那我带你去公寓吧？”

他说的是之前跟他一起去取东西、弹琴的那个住处，孟欢里的大脑在酒精和挫败感的刺激下一片空白，没有意识到这么晚跟关亦回家意味着什么，她点点头跟着关亦上了车。

夜很深了，都市的夜晚，一片灯火通明。从车窗望出去，璀璨的灯火和闪烁的七彩霓虹相互映衬，更显得街景绚烂，令孟欢里目眩神迷。

很快到了目的地，进得门来，关亦拉亮所有的灯，孟欢里麻木地挑了一个卧室进去，把自己狠狠地摔进床上再也不想动了。

他帮她脱掉鞋子，提醒她洗漱更衣，她迷迷糊糊地摇头，说将就一晚就好了，不想脱衣服。

他也不再说话，过了一会儿，他熄掉灯紧挨着她身边躺下来，孟欢里心里有点疑惑，怎么他不睡主卧的吗？难道自己随便一挑，竟然挑到了主卧？她想着自己起来换一个房间，还没动弹，就睡过去了。

睡梦中孟欢里觉得自己躺在一块云彩上柔软舒服，还轻悠悠地飘来飘去，她舒服地翻个身，却是感觉呼吸不畅，睁眼一看，关亦在轻轻地吻她。

他见她醒来，问她："可以吗？"

她摇摇头说："不可以。"

虽然她平时也看过很多类似的片子，又学过医学构造，对于这些事已经应该说是耳熟能详了，但是，真正面对，却还是无可避免地紧张不已！她还从来都没有认真想过这个问题。

他把她的拒绝当作欲拒还迎，继续喘息着吻她。

她知道总归会有一个男朋友走进她的生活，虽然她没有仔细地去描画过他的模样，但绝对不应该是关亦这样的男人，从来都没有想象到会跟这么温润的一个人发生恋情。

他连着进攻了几次都没有得逞，但是他的坚决让她慢慢退缩了。

又试了几次之后，关亦问她："既然你不愿意，为什么答应跟我回家？你不知道单独跟男人住宿是要做什么事吗？"

她摇一摇头，说："不知道啊，我们可以各睡各的嘛！"

他不理会她，又僵持好久后，开始用苦情戏："你知道吗？从高中时我就注意到你了，经常去看你打篮球。你都不知道你的身材有多棒！我无数次地想象自己能够拥有你，没想到你就真的出现在我的办公室。那么今晚的这个机会你认为我会放弃吗？"

听了他的话，她无言以对，他这是真情告白吗？听着怎么就这么异样呢！

他一边说着有些气恼，本来已经信心十足手到擒来的猎物，却是遭到了抗拒，他忽然生气地说："高中就能穿着紧身上衣打球，跟我说你交过几个男朋友了？"

第十八节　独自游荡

天刚蒙蒙亮，孟欢里偷偷地爬起来，穿上衣服出来走到大街上，四处静悄悄的，偶尔有开三轮车飞过的小贩，树上有落叶飘下来了，清晨的空气冰凉，钻进她的衣服，侵袭她的肌肤，双腿有些发颤，冷气直钻进她的五脏六腑，将她里里外外全部冰冻起来。

颤抖地走了好久，心境凄凉到绝望时才打到一辆车，她无处可去，不想回家，只能到实习办公室去了。

办公室比平常更加阴冷，她趴在桌子上想要休息一下，大脑回放着刚刚经历的一切，不得安宁。

这个时间，花园里的那个男人在吗？孟欢里决定碰碰运气，此时此刻忽然就想见到他！她飘飘荡荡地走到后花园，秋天已经来临，夏季的盛华已经褪尽，留下满园的凌落。

他竟然在的，坐在凉亭里，不知道坐了多久了，就像始终都在等她一样，从来都没有离开过。

孟欢里摇摇晃晃走过去，坐在他的身边，大脑停止了思考，整个人痴痴傻傻的。

他问她："你怎么啦？"

孟欢里也不知道自己这是怎么啦，一方面憧憬着未来的成人生活，另一方面却又在深深地留恋她的纯真时代。只缓缓地吐出了几个字："我放飞了童真，成为真正的女人了。"

说完她忍不住流下来两行热泪，他扭头看着她，抬手替她抹去泪痕，惆怅地告诉她："这都是早晚的事，你不要太难过。只是你要准备好做一个成年人了。以后你眼中的世界再也不只是阳光，你会看到更多人性的阴暗面！就这一方面来说，你是应该大哭一场来祭奠一下的！"

听了他的话，孟欢里的心更加难过，泪水喷涌而出，轻轻地靠在了他的肩头。

他身上有细细的、草丛的香味，神态沉着冷静中带着淡淡的忧伤，孟欢里不知道他有什么苦恼，但他却那么宽宏，让她瞬间就得到了安慰，忍不住嘴角微笑起来。

孟欢里正沉浸在这无边的美好，突然感觉到一只冰凉的手放在她的额头，她一下子惊坐起来，却是陈锐正在按她的额头，见她醒来，陈锐不解地问她："你没事吧？这么早来还又哭又笑的！"

她也愣住了，什么时候回来睡着的都不记得了！

见到陈锐，她忍不住对他吐苦水："陈锐，我好冷啊，我想睡觉！"

陈锐听完一点反应没有，直愣愣地看着她，不知道他是大智若愚还是先天不足，感谢老天爷没让他发现她的异样。

陈锐认真思考孟欢里的那句话，接着说："要不你去我们宿舍那里睡一觉再回来吧！我们宿舍没人在的。"

他们宿舍就在隔壁的小区，只能这样了，她起身跟着他往外走。

那是陈锐和几个校友一起合租的房子，每人一个房间，他们上班去了，安安静静的正适合睡觉。

还没有出医院大门，陈锐的电话响了，是急诊主任找他，说是附近的工厂发生事故，很多人受伤，这个时间医生都还没有上班，人手不够，让他赶快到急诊集合。

陈锐边讲着电话边飞快地跑起来，也顾不上孟欢里了。她也赶紧跟在他后边跑起来，等他挂掉电话，孟欢里说："我要跟你去，看看能不能帮上忙吧！"

陈锐对她竖起了大拇指，说："这才对嘛！你可以的！"

救护车拉着医护人员赶到现场，陈锐冲到最前面，现场已经围上，他对现场指挥员说："让我进去，我来负责里面的伤员！"

指挥员点头，抬手指挥一个消防员帮他带上装备冲了进去。每个人都忙碌起来，孟欢里没有经历过这种阵仗，慌张得不知所措。她看到身边整理水管的消防员胳膊在血流不止，便跑上去说："让我来给你先简单包扎一下吧？"

消防员顾不上说话，摇摇头抱起水管就跑起来，没跑几步却重重地摔倒在地，昏迷过去。孟欢里赶紧冲上去，脑中一片空白，呆愣几秒，终于想到心肺复苏。努力地去回想书上的程序，按照记得的方法开始抢救消防员。

好在他很快醒过来，孟欢里说："你先下去休息吧！"

他还是拒绝说："不用的，刚刚是起身太猛了！"

孟欢里拿出绷带,二话不说给他包扎,这次他没有拒绝,乖乖等她包好。旁边经过的一个医生快速对孟欢里说:“注意压力止血方法!”

她回答:“好的!”

她以自己能做到的最快的速度给消防员包扎好,之后他起身重新冲了上去。

旁边坐着的一个工人远远地喊孟欢里:“医生,我头好晕!”

说完竟大口呕吐起来,孟欢里赶紧冲过去,帮工人清理嘴巴,之后扶他去救护车。

等所有的伤员都被护送到医院,进入各个专科治疗,孟欢里才回到办公室。

办公室里没有人,她干脆躺倒在排椅上,闭眼开始休息。

工厂的抢救现场还在眼前晃动,第一次,她感觉到了用自己的专业帮助别人的快乐。

她起身走到后花园,那个男人还在,依旧坐在凉亭里,仿佛是很久之前就已经在那里等她了。

孟欢里走过去,告诉他:“我今天体验到作为医生的成就感了。”

他很替她高兴，说：“你终于开始入门了，医生的意义绝不仅仅是这些成就感，你还要继续努力呀，慢慢你就感受到更多了。”

她茫然思索着，不知道医生这个职业还会带给她怎样的体验。

迷迷糊糊中，只听陈锐的声音响起：“都冻成什么样了，还睡呢！”

孟欢里猛然醒来，发现陈锐正一只手揪着她的耳朵在叫唤。

见她醒来，继续问：“还去不去我宿舍了？我也要回去休息一下。”

孟欢里说：“我也回家了，可以顺道过去看一眼你们住的狗窝。”

她跟在陈锐后面到了他的住处，里面乱糟糟地堆满了书和一些杂七杂八的东西，桌子上有一个小小的鱼缸，里面住着两条肥肥的红色大金鱼，有巴掌大小，缸里面转身都困难，却是悠然自得，孟欢里忍不住赞他：“陈锐你真棒，金鱼养这么好。”

陈锐说：“我自有绝招让它们不死！”

她真诚地对他说：“谢谢你带我！我开始领悟医学的价值了。”

陈锐还是呆萌地看着她，搞不明白在想什么。

之后她回到家，躺在舒服的被窝里，几乎是一瞬间就沉睡过去。

第十九节　荷医生是谁

孟欢里睡得正香，电话铃音把她从遥远的地方拉回来，是关亦，她迷迷糊糊地接通电话，关亦问："你在哪里？怎么没在科室？"

她正想着怎么回答这个问题，他却紧接着说："早上去医院碰到了一只小猫，长着雪白的毛，蓝色的眼睛。我靠近它，它也完全不害怕，躺在草坪上晒太阳，懒洋洋的，仿佛对周围的一切都漠不关心。那一瞬间我就想到了你，所以，我决定在未来的家里一定要有一只孤傲的小猫，最好也是白色的。"

孟欢里的脸一下子飞满了火烧云，她庆幸现在只是在打电话，关亦看不到她的窘态，才刚在一起没多久，这个人怎么就能说出这样的话呀！孟欢里不知道回答什么，只好小声"嗯嗯"地敷衍着。

关亦在那边又调侃了几句，孟欢里记不清说了什么，挂断电话又昏睡过去，直至中午才爬起来想找东西吃。

吃完继续睡觉，关亦打电话约她一起吃晚饭，孟欢里还不想见到他。直睡到第二天早晨也不想起床，老妈奇怪地说：“上夜班是这么累的呀！”

又过了几天，妇科的实习全部结束了，孟欢里才去上班，她自己觉得是没脸见那些代教老师了。一进办公室，丁恩然就递给她一个小册子，黄色的纸张很旧了，是一本外科无菌操作。丁恩然告诉她是产科那晚值班的医生让他交给她的，说是现在网上资源很多，包括视频，先进的技术也不断加入进来，但最基本的东西还是没有改变，让她多看看这本书会有很大进步。

孟欢里将小册子拿在手中，感慨万千，她有很多理由不去从医，也有更强大的动力促使她想成为一名合格的医生。

妇产科就这样成了过去。接下来是去普外科实习，又会有怎么样的奇遇呢？

普外科病床多，医护人员也就多，是首批搬进新病房大楼的科室，病床、护士站、医生办公室都是按照国际最先进的模式建成的，工作空隙大家免不了回想之前工作的艰苦条件，感叹时下医疗硬件有了很大的提升。

孟欢里还是和段涓涓一起。来到普外科，代教老师个头不高，脸上有刮得虚青的络腮胡子痕迹，他的专业能力很强，但在科室混得并不好，所以有点怀才不遇的感觉，有时会对着他们实习生哀叹几句。

第一天，到普外科上班不久，关亦便过来找孟欢里，他躲在外面跟孟欢里招手，孟欢里出来跟他走到旁边的走廊隐蔽处。

关亦说几天没见到孟欢里了，过来看看她。又问谁是他们的代教老师，孟欢里告诉他是榆老师，关亦低声对孟欢里说："当心这个老顽固。"

孟欢里问："怎么了？"

关亦说："他脾气很差，还会给实习生打'差评'。"

孟欢里听了咋舌，关亦拧着她的脸说："自己小心点儿，也没有那么可怕！"

回去之后孟欢里赶紧跟段涓涓分享了这个秘密，提醒她小心。

普外手术多，大手术他们实习生只有站在旁边观看的份儿，小的阑尾炎、疝气等手术就可以跟着上台做助手。

孟欢里的无菌操作理论知识已经掌握得非常熟练了，这得感谢产房的那位老师，她送的那本小册子孟欢里差不多都能背下来了。跟着手术室护士的现场演练，也使得她的上台操作飞速进步。

偶尔上台，孟欢里会负责剪线，按照书上的要求，她把剪刀的一侧沿缝线滑至打结处，再向上倾斜 45 度剪下，完美地完成了任务。

手术中，榆老师的额头不住有汗珠渗出来，巡回护士都来不及给他擦拭，眼看着汗珠越滚越急，孟欢里慌乱伸手想要帮忙，但正好碰到榆老师一歪头，纱布碰到了榆老师的眼睛。这突发状况虽然没有打乱手术节奏，但惹得榆老师很不高兴，他那严肃的脸只转过来瞪了孟欢里一下，就吓得她心跳加快、手足无措，脑子一片混乱，心里仿佛被一个无形的大石头压住，嘴唇都有些微微颤抖。

术中，榆老师的脾气一直不好，偶尔找不到出血点，就会骂护士几句。

术后，榆老师走之前又看了孟欢里一眼，这下子她的头垂得更低了。她听到那几个护士说，榆老师虽然脾气坏了点，但是医术没的说，让她别往心里去。其中一个圆脸小护士转头补充道：“不过还是荷医生好，手术做得棒，性格也好，可惜出事了。”

荷医生是谁呢？没见过呢？他出了什么事？

第二十节　征服

这几天，小姨妈又来找过孟欢里一次，眼睛哭得红红的，说是跟丈夫吵架了，丈夫不支持她再生孩子。

她说做女人是很苦的，很多事不能义无反顾去做，只能压抑着自己的性格去委曲求全，活得不开心。说孟欢里还小，很多事情不能够告诉她。

孟欢里知道小姨妈有很多的心事，太多的身不由己，忍不住就担心起她来。而小姨妈很快就走了，她也没想好怎么安慰她。

之后她跟关亦说起这件事，关亦说："这个孩子她确实不应该生下来，全家住在娘家，必定关系不好处理，经济也好不到哪里去，她丈夫的决定是对的。"

她想起小姨妈要生下这个孩子的坚毅来，谁知道小姨妈是怎么想的呢？

跟关亦那次之后，她问过他有过几个女人，他说跟她是第一次，后来孟欢里发现自己并不介意他是不是第一次。

有一次她帮忙做一个手术，结束后她给关亦打电话，他说在办公室做一个讲课的幻灯片，快完成了，让她过去等他一会儿。

孟欢里到了关亦办公室，他还在忙着制作课件，见她进来，便说："你等会儿，我很快就弄好了，本来这是明天的活儿。"

听他这么说，孟欢里就坐在旁边的沙发上等他。

关亦认真地盯着电脑屏幕，神情专注，或许是认真工作的男人最性感吧，远远地看着他，孟欢里竟然不由自主地迷恋起关亦来。

这种感觉如此陌生，又让她期待不已，她渴望不要停止，永远地持续下去，将她烧成粉末，蒸发成气体，弥散到空气中，升腾到宇宙里，以失重的状态运行直至到达无尽的空间里去。

做完课件后，关亦载着孟欢里出门，她忽然不想回家，想要整晚都抱着他，这算不算被他征服了，顺便征服了她的心，使她开始对他产生了依恋之情。

他也愿意整晚陪她，方向盘一打就拐到了公寓的方向。

第二十一节　如胶似漆

从此之后，孟欢里就坠入了爱河，那是一个情感缭绕的精神上的世外桃源，她任性地在关亦面前为所欲为，肆无忌惮，忘乎所以，却从来都不去想真实的生活需要她怎么去做。

星期天，她跟着老爸去汽车城转悠，忽然听到有人喊她，回头一看，是陆萧椿，就是关亦办公室里的那个阳光男孩。

孟欢里微笑问他："过来买车吗？"

他笑笑说："先转转看。"

陆萧椿祖上就行医，到他爸这一代出国行医去了。他不想学医，但迫于家族压力，以后还要做医院接班人的。

陆萧椿吊儿郎当，可能也不务正业，身上有对任何事都无所畏惧的冒险精神，自是有另一番魅力。

他高中毕业后出国学管理，可是待了一年又回到国内学医，他有个哥哥是在国外行医的。

那天陆萧椿是跟几个人一起来看车的，跟孟欢里说了一会儿话他就又回到他们当中去了。

孟欢里绕出去找卫生间，经过仓库，看到里面堆满了旧物，有几辆小型电动摩托车，可能是之前卖剩下来的样品，其中有一辆款式她一眼就看上了，喜欢得不得了，想象着骑着它跑在阳光里，那将是多么美好，于是，赶紧回身去找老爸。

那老总跟她老爸一起出来，听明白她的请求，大笔一挥签了一张单子，递给她说："这是很久之前的样品，现在已经过时了，你喜欢就拿去，不过要消库存单，你付点钱就可以了。"

她细看那张单子，瞪着眼睛："100 块！"

赶紧跑去自己付了。

想不到今天有这个意外收获，她欢喜得不得了。这个意外收获让她偶然间就有了座驾，她能不开心吗？

之后的日子，孟欢里就每天骑着她快乐的小马驹去实习了。它提速很快，这对她来说是个惊喜，它给她的驾驭体验如此美妙，速度尽在自己掌控，享受这份自由。

之后孟欢里就很少坐关亦的车了，但还是会每天见面，要么去公寓，要么出去约会，不管怎么说，关亦的陪伴让她充实和满足，无暇去想更多的事，简单并快乐着。

时间来到周五的下午，睡一觉就到了晚上，一个星期就这样结束了。

如果是过日子，一年一年是很漫长的，激情澎湃只能是瞬间的事，大多数的时候需要我们平和坚韧地往前走。激情来了可以接受，但不要以此为主，要明白生活的本质是平淡无奇，把这短暂的幸福当作是恩赐，没有到来也不要失望，认真面对生活，忽然有一天你就会发现自己的进步，与很久之前的自己已经是截然不同了。

孟欢里跟关亦每天都能见面，关系也自然而言更亲近了。有时候她会在上班时间忽然心血来潮，要么约关亦去花园走走，要么去他办公室坐坐，只要两个人见面，空气中都充斥着甜腻腻的心动。

那天，孟欢里在科室给关亦打电话，他没接，她就决定到他办公室去看看他在做什么。

第二十二节　并不会有结果

关亦并不在办公室，只有陆萧椿一个人在那儿坐着，见孟欢里到来他高兴得拉她聊天。

他俩并肩坐在桌子上，脚踩在椅子上，聊那些实习中的趣事，还有共同跟过的老师。聊到高兴处，陆萧椿会用手拍她的肩膀。他很随意，而孟欢里也没有阻止他这么做，倒觉得跟他无比亲近。读书时孟欢里一直在篮球队，经常跟男生打比赛，有肢体接触并不感到惊讶。

陆萧椿表面上让人觉得他是天生情种，但是，他向孟欢里坦承过他还没有谈过恋爱，感觉没有意思，连丝毫的心动也没有过。

正聊到开怀大笑，关亦忽然回来了，看到她和陆萧椿开心地打闹，醋意瞬间占领了他的理智，他阴着脸一语不发地进了办公室，孟欢里跟过去想要安慰他，而他头也不抬地说：“出去！”他在外面受了气？或者是她让他生气了？

孟欢里想问他话，只说出一个字，他就更加严厉地喊：“出去！”

孟欢里只能转身摔门而去了，她知道他们之间早就有隔阂，只是需要陪伴，也害怕孤单才不敢分开。

回到科室，她坐在实习医生办公室发呆，其他人都不在，可能是去手术室忙碌了。

孟欢里正呆坐着，外面乱轰轰地涌进来一群人，说是有人骨折要办住院。她跑出去，远远看到陈锐抱着牟静去病房，牟静痛苦地大叫着，后面簇拥着一群人。

孟欢里跑过去，陈锐慌张地跟她说：“牟静开车出了车祸，车子报废，脚踝骨折。”

牟静躺在床上疼得紧闭着眼睛，皱着眉头。

陈锐紧张得手一直在抖动，不知所措。孟欢里走上去，拉过他的手紧紧地握住，坚定地对他说：“别担心，没事的！”

陈锐点点头，但还是平复不下来心情，孟欢里拉他到办公室问主管医生怎么处理，主管医生拿着片子指给他们看，说现在看没什么大碍，先保守治疗，不行的话再手术纠正。

陈锐这才稍稍放下心来，孟欢里陪他到走廊坐下来，他想了一会儿心事，忽然幽幽地对孟欢里说："我父母死得早，本来觉得世上任何事、任何人都打动不了我了。牟静每次都是默默地出现，做她认为该做的，我知道她喜欢我，但更明白我们不般配。她忍受我的坏脾气、我的自以为是，而我也慢慢习惯了她的陪伴。刚刚忽然面对她受伤，才知道原来我这么依赖她的存在，我真的很担心再也见不到她了。"

孟欢里点点头，对他说："勇敢面对内心，其他的外在差距都是微不足道的。"

陈锐点点头，默默起身到病房陪牟静去了。这次的事件一定会增进他们的感情，让他们明白彼此的存在是多么重要。

那么，她呢？她不知道自己跟关亦还能平和相处下去吗？

正想着，关亦信息过来，简短的几个字："晚上去公寓。"

关亦是让她去，不是询问也不是邀请，是命令。不容她回避，而她也没有理由拒绝。

下班后，她骑上"小马驹"，漫不经心地到了他的公寓。

他正在做饭，手里拿把铲子，给她开门后，又转身回到厨房忙去了。

她探头探脑地走过去，他正在炒青椒鸡蛋，是她比较喜欢的菜。他一下下地翻炒，专注认真，一丝不苟。她说："想不到你还会烧菜呀，需要帮忙吗？"

他说："这就好了，你坐吧。"

厨房里的男人，自带烟火气息，非常亲切可爱。

她走到餐桌旁坐下，上面已经摆好了几样菜，看来他忙了一个下午了。

不一会儿，关亦也过来坐下，拿了两瓶啤酒，打开放到她面前一瓶，说："不是喜欢啤酒吗？放开喝吧！"

他们好像又和好了，这次不仅亲密关系恢复如常，甚至更进一步——关亦邀请孟欢里周末去见家里的长辈。

周日，孟欢里跟关亦到他外公家里，他外公退休后住在市区，独栋的小楼，买得比较早，现在已经升值到孟欢里听到就会被吓到的价格了。看着眼前这优雅古朴的小楼，孟欢里对今日的见家长之行有了隐隐的担忧。

一楼是客厅，关亦带孟欢里径直上了二楼，这里整个大房间全都装成了书房，整面的玻璃落地窗使得房间里采光极好，阳台上养着各种精致的盆景，古香古色的装饰风格，充满文化底蕴。木雕的隔断，古典的书桌，椅子和书架，让人仿佛置身于古代小说中。

这一切看着让人从心里欢喜，尤其是桌子上还摆着笔墨纸砚，旁边晾着未干的水墨画，对于这一切她有着与生俱来的喜爱，忍不住高兴地赞叹，跑过去细细看了起来。并没有注意到旁边排椅上坐着的老者。

只听关亦礼貌地说："外公你好，这个是跟我一起实习的同学。"

关亦小声招呼孟欢里，看见他忽然变得很规矩，孟欢里赶紧走过去，老老实实地站在他身边，关亦给孟欢里介绍："这是我外公。"

孟欢里礼貌地鞠躬说："您好。"

关亦外公威严地绷紧着脸，并没理她，只严肃地问关亦："啊，你的实习怎么样？"

关亦规规矩矩地说："很少去转科室，只处理一些事务，偶尔帮忙写写材料。"

关亦外公点点头说："要多提高自己的综合素质，多练习处理文书的能力，科室的工作偶尔去看看就好了，不必太认真。"

关亦认真地听他外公说话，神态充满了虔诚，哪怕这位老者的话听着并不高深，甚至让人觉得不舒服，但关亦没有反驳，孟欢里也就没有开口，只细细地打量起关亦的外公。

他的额头上有着小溪一样深刻的皱纹，看上去十分严厉，只有在面对关亦的时候，才会偶尔露出慈祥的笑容。他头发花白，身材干瘦，双眼却炯炯有神，声音听着也还算中气十足，透着一股子指挥若定的威严。他退休应当很多年了，但这样修身养性的人文环境还是没能改变掉他身上的庄重之色，这种庄重是孟欢里不喜欢的，就如同老人讲的话一样，孟欢里也不敢苟同。

接下来的发展是孟欢里完全没想到的，他外公趁关亦出去拿水的时候，语重心长地跟孟欢里说："我早就听说你了，希望你有自知之明。关亦前途无量，不要毁了他，他跟你不会有结果的。家里早就给他安排好了相亲对象。"

孟欢里听得目瞪口呆，但也无言以对，事发突然，只能落荒而逃。

出得门来，孟欢里对关亦说："我不喜欢你外公。"

关亦说："他好像也不喜欢你。"

孟欢里又愤愤地讥讽说："一把年纪了，凭什么瞧不起人啊！"

关亦一听，怒道："不许你这么说他！"

孟欢里更加气愤："本来就是！跟自家人说话，用得着打官腔吗？你以后也会成为他那样吧？"

关亦回答说："是又怎样？有什么不好？"

果然，关亦根本就不觉得自己的外公高高在上有什么问题，孟欢里冷冷地说："这只能说明我们不是一路人！"

第二十三节　生不逢时

关亦听了孟欢里的话，认真地说：“一直以来我们就不是一类人，可是你那么率性，那么乐观，我不受控制地被你吸引着，摆脱不了不去想你。一开始我也只是想跟你谈个恋爱而已，没想到相处之后才发现你是真正热爱生活的人，我又打算跟你一起生活下去了，你也会为我做出一些改变的对吗？”

难道以后要想跟他在一起，必须接受冰冷理智的家庭生活？

是什么原因让关亦如此自信？他对她稍一用情，她就要顶礼膜拜，永世追随他，服从他，小心侍奉他的家人？这样子活着倒不如让她死去！

孟欢里对关亦说：“为你改变，变成你希望的那样，我想永远都不可能了。”

说完，她转身走掉，关亦在后面无力地说："你不要走，我真的是迫不得已。现在的我们终归还是有那么一点自由的，虽然少得可怜，至少你不喜欢做的事没人能够强迫得了你的吧？"

关亦的选择是家人的决定，也已经成为他自己的追求了吧？说什么身不由己，只是不想再去改变而已。

那么，他的冷静遇上她的狂热，一直以来还算和谐地往前发展着，积蓄已久的矛盾就这么爆发了吗？就此分手了吗？

只是想象以后不再有他的拥抱，她的身体就已经开始冰冷了，她需要他的陪伴，其他人同样能够安慰她吗？那么她是离不开他还是离不开这种生活呢？谁知道她到底需要的是什么呀！

孟欢里失魂落魄地飘荡在大街上，失去他的怀抱也失去了精神上的依靠，形同孤魂野鬼了。看来关亦是接受她的离开了，都没有过来追她回去。

正在这时，电话响了起来，她以为是关亦打来的，却是段涓涓，她定了定神接起来，只听段涓涓在那边哭了起来，她赶紧问："怎么了？"

段涓涓抽泣着说："老大，怎么办！快点来帮帮我，我，我，我怀，怀孕了！"

"啊？"这句话惊得孟欢里魂飞魄散，她忘记了自己的烦恼，伸手打车向段涓涓那边飞奔过去。

孟欢里找到段涓涓，她在公园的椅子上坐着，眼睛哭得肿肿的，她着急地跑过去问她到底怎么回事，段涓涓忍不住又流下眼泪，抽泣着说："都怪我自己，现在还在实习就发生了这种事……"

唉，原来段涓涓在普外实习的时候碰上有人来找麻烦，当时有个家属帮助了她，一来二去他们就熟悉了。后来怎么在一起的也不知道，反正那段时间段涓涓经常出去跟那个叫彦邦的男人喝酒、蹦迪。

孟欢里气急了，问段涓涓："那个男的多大了？哪个单位的？"

段涓涓流着泪摇头，说："应该毕业没几年，也就二十多吧。我还没跟他说呢，我最近喝酒、抽烟，我不敢要这个孩子……"

“你还抽烟！”这下子孟欢里更气了，但看着段涓涓泪流满面可怜兮兮的样子又狠不下心来，只好宽心，“我们自己就是医生，先把检查做了再说，不要担心那些。这个事情你也得告诉孩子的父亲，至于最终怎么处理，也得你们一起做决定。你别自己硬撑着。”

段涓涓哭得更伤心了，抹着眼泪说：“我不想把事情闹大，这样的话实习生和学校里的同学们就都知道了啊！”

孟欢里无奈地问：“那怎么办呢？”

段涓涓坚定地说：“我都想好了，你陪我去找个地方做掉吧，不要太招摇。”

第二十四节　终止

看来段涓涓自己都计划好了，只是让孟欢里陪着她，段涓涓想去临近的城市做，她们就立刻动身了。

进入实习之后，谁也没想到她们会这么快就面对这种选择。

当医生冷淡地问段涓涓要无痛的还是普通的，她坚强地回答："普通！"孟欢里在旁边听了不禁打了个激灵。

段涓涓的家在大山里的一个小村子，可能因为经济条件不富裕，宁愿自己承受巨大的疼痛，也想省下这笔钱，又或许是段涓涓想自己记住这一次的教训，但不管怎么样，等段涓涓进了手术室，孟欢里还是悄悄地跟护士联系改了无痛，她帮忙补全了费用，她真的不想看到这个傻女孩受到过多的摧残。

术后，段涓涓脸色苍白，极其虚弱，孟欢里带她去旁边的快捷酒店住了下来，又去饭店要了份鸡汤，段涓涓看着孟欢里为她做的这一切，开始默默地流眼泪。

孟欢里不让段涓涓哭，说："这个是小月子，不能伤了身子。"

段涓涓哭得却更厉害了，之后便昏昏睡了过去。

她们在宾馆住了三天，段涓涓慢慢恢复了过来，开始跟孟欢里聊心事。

段涓涓知道丁恩然一直默默喜欢自己，她告诉孟欢里，还有另外一个男生也暗恋她，问孟欢里知不知道是谁。

孟欢里试探着问："是小谢？"

段涓涓点点头，说："不愧是老大，这也知道。"

小谢是他们班的篮球王子，健康阳光，每天都穿一身天蓝色的运动服活跃在篮球场上，不知道迷倒了多少校园里的女生，孟欢里也曾悄悄暗恋过他，不过后来却成了球友。只听说临近毕业时他跟段涓涓的闺蜜开始交往，但之前明眼人都看得出来他喜欢段涓涓。

段涓涓告诉孟欢里，小谢跟她闺蜜从来都没有开始过，是谣言。

实习前的暑假，小谢终于鼓起勇气向段涓涓表白了，段涓涓也同意了，他们算是一拍即合，顺理成章就在一起了。之后每一两周就见一次面，一般都是小谢过来看她。

哦，原来他们早就在一起了啊！孟欢里不禁想起上次医院放了几天假，小谢跟另外两个同学过来找过他们，丁恩然还组织了聚餐，那晚段涓涓跟小谢坐在一起，孟欢里还开心了半天，原来他是专门来看段涓涓的。

段涓涓后来说，小谢家里安排他出国，而且自己与小谢家境相差太多了，不想以后小谢在自己与家人之间为难，没有结果的事情，不如及时止损。段涓涓跟小谢提出了分手，也是因为这个原因，才和彦邦迅速确认了关系。出了这件事，段涓涓想中断实习，回老家休养一段时间再做打算。

孟欢里送段涓涓去车站，她又哭起来，说："老大，我们宿舍的人一直都很佩服你，做事情干脆直爽，永远乐观，阳光又充满力量。我要是能跟你一样拿得起放得下就好了。"

孟欢里让段涓涓好好照顾自己，养好身体再回来。段涓涓说："我本来就不喜欢做医生，毕业之后家里人会联系镇上的医院，让我去那里做护士。"

孟欢里点点头，真心地祝福她。临上车段涓涓又哭了起来，搂着孟欢里的脖子说：“很抱歉没能陪你完成实习。”

眼泪蹭到了孟欢里的脸颊，她故做轻松，说：“你要坚强起来，不能遇到事情就掉眼泪。”

但是，说过这句话之后，很少会哭的孟欢里，眼泪再也忍不住地流了下来。

回到医院，一切事务如常，关亦这几天一直都没有联系她，这也好，便于孟欢里整理自己的心情。

她过去看牟静。牟静的脚踝保守治疗愈合变形，还是没能逃过手术，打了两只钢钉。

牟静跟陈锐已经开始甜蜜地交往了，她躺在床上，指挥陈锐跑来跑去，陈锐乐滋滋、傻乎乎地为她奔忙，心甘情愿。

或许真的是傻人有傻福，过几天牟静就要出院回家休养，让陈锐跟她一起回去。

之后他们会一起学习医院管理，等一毕业，牟静就会要求他老爸分一家医院给他俩。他们之间好像没有出现孟欢里和关亦面临的问题。

牟静悄悄地跟她说："要感谢你，把陈锐带到我身边。"

那天在游泳池，牟静游过去拦截陈锐，不想陈锐求胜心切，挣脱不开她，索性紧紧地抱住她往前游。牟静说，她也交过几个男朋友，但是，那一刻觉得陈锐帅爆了！陈锐拥着她，让她觉得自己一下子就融化在他怀里，再也不想离开他了。

孟欢里摇头，不理解这样的感觉，牟静就说："等你遇到就会明白的。"

谁知道有没有这种机缘啊！

第二十五节　初来儿科

孟欢里还来不及为自己感情的变故难过，她就跟朋友们分开，和另外一个不认识的实习生许开诺轮转到了儿科。儿科每天都忙到起飞，临床工作极其复杂繁琐，根本没时间去悲秋伤怀。

已经连续一周没有跟关亦有过任何联系，不对，中途开了一个实习生大会，关亦在会上作了发言，但孟欢里这边碰到一个特别棘手的患儿，只匆匆过来旁听了几句，就早早离场回去准备手术了。

又过了几天，关亦这个人仿佛从孟欢里的生活中淡去了，这是分手了吗？孟欢里不明白，但是她也是骄傲的人，不愿意自己当那个开口低头的人。更何况自己又做错了什么呢？想不明白的事情不如不想，有这闲工夫不如早点去科室帮忙。

儿科跟孟欢里之前待过的妇产科和外科都不一样，在儿科，她学会的第一个操作是给小朋友做雾化，这也是孟欢里每天上班做得最多的事。代教张老师是一个看起来很和蔼、很平易近人的老师，在儿科已经待了十多年了，经验丰富。当时接到孟欢里和许开诺时，张老师只跟她们说了两个词：“平和、精细。”相处和学习下来，才发现儿童和成人的检查与治疗重点差别很大，儿童用药一定要注意剂量，还要仔细掌握小儿体格检查的方法，注意儿童的特殊性。

再说说新同伴许开诺吧。她个子不高，身材娇小，雪白的肌肤晶莹如玉，一双黑溜溜的圆眼睛明澈似水，鼻子小巧精致。讲起话来声音悦耳动听，笑起来露出两排整齐洁白的牙齿，嘴角勾起两个浅浅的小酒窝，更显得娇俏活泼，小朋友都很喜欢她，查床的时候一些小孩追着喊她“诺诺姐姐”。

许开诺喜欢小孩，跟孟欢里不同，许开诺是自己主动申请转来的儿科。第一个星期的时候，孟欢里手忙脚乱的，不太熟悉科室的流程，而且科室里面有两位老师已经怀孕了，很多事情不方便做，也不好弯腰，甚至走太多路都会累。怀了孕了激素分泌紊乱，脾气也会不太好，碰到孟欢里这种新来的实习生，更显得气不顺了。孟欢里一直在被老师嫌弃笨手笨脚，不如许开诺机敏，说了两遍还不会弄，再问就没有耐心了。这种时候孟欢里只敢请教许开诺，抱紧学霸大腿。

其实孟欢里和许开诺上的是治疗班，也就是负责每天的后勤工作，听起来简单，做起来忙得像个陀螺，从上午7:20上班就一直旋转到下午5:30，有时候要到七八点才下班，中间经历的那些“鞭策”，就好像抽打陀螺的那条绳，抽得孟欢里整个人都更带劲儿了，哼哧哼哧地从早到晚忙个不停，根本没有时间去想关亦。

孟欢里待的这个科室是儿科最小的，里面都是刚出生几天的小孩子，张老师第一天让她去做皮试，因为小孩子哭得太凶，孩子母亲也跟着一起眼角噙泪，孟欢里不太忍心看着母亲和孩子一起哭，便有点心软，扎针的时候不忍心扎，也有点害怕自己操作不当导致孩子被多扎几针，便想着等张老师来。她看了一下旁边的张老师，虽然面色和蔼、眼角带笑，但莫名就有种“笑面虎”的感觉，看得孟欢里根本不敢开口寻求帮助，只好自己默默地狠心给小孩子扎针。

儿科的小孩年龄上限是14岁，孟欢里第一天实习时，还会感慨：哇，这个小孩好白净；哇，那个小孩好聪明，这么小就知道这么多事情……她的转变是从上夜班开始的，夜班碰到的小孩，几乎都是一做检查就哭，哭声嘹亮，穿透性和杀伤力极强，而且完全没有停止之势。孩子又不懂表达，不停地哭，除了哭还是哭，有时候孟欢里听到哭声能烦躁到一天都吃不下饭，连瘦七八斤。

忙碌的一天又开始了，这次的患儿才13岁9个月，站起来却比孟欢里还高一个头，体重已经到了70公斤。但他毕竟才13岁呀，针头一亮，还没扎呢，他一开口，奶声奶气地说：“护士姐姐，我怕疼，哇——”望着比自己还高还壮哇哇大哭的“小孩子”，孟欢里觉得十分无奈，不仅要好好完成操作，还得暂时充当妈妈的角色，安抚一下小孩，拍拍肚子拍拍头，慢慢地止住孩子的哭闹。

这已经算是懂事、听话的小孩了，大部分的小孩是完全不会停住哭声的，只会因为得到关注越哭越凶。而且孩子生病来医院，父母往往也很焦虑，有时候小孩一哭，父母立马语气严厉地制止，反而吓到小孩，哭声越发大了。有时候父母走的时候还会感谢孟欢里：“孟医生，你们辛苦了，我有时候都拿他没办法，你们太有爱心了。”

第二十六节　世事无常

孟欢里在儿科实习的第二周，已经能熟练掌握治疗班的全部内容了，也能很好地协助医生完成后勤工作。随着工作越来越上手，孟欢里的实习越来越自在了。但这种轻松愉快在某一天傍晚却消失了。

那天的天气不比寻常，比较阴沉，乌云翻滚着，没有雨丝，空气厚重得有点压抑。去医院的路上也是人迹寥寥，略微有些冷清。

到医院的时候，纷纷扬扬的雨正好落下，孟欢里还来不及庆幸，就看到许开诺奔跑的身影，她脑中警铃大作，立马抱着包也跟着奔跑了起来。

有种不祥的预感越来越近，孟欢里最近负责查护的患儿是一个白血病患儿，其实儿科白血病的患者很多。第一次查房时，孟欢里只觉得这边病房相对更加安静，本来还觉得蛮好的，结果看到第一个小孩摘下了帽子，露出圆滚滚的小脑袋，她一下子愣住了。张医生说，其实患了大病的孩子，反而不会哭闹，是科室相对安静的病房。孟欢里心里一下子哽住了，为自己先前卑劣地觉得终于没那么吵闹了的心态感到愧疚。

看着这么小的孩子，一个个都是光头，也都是熟面孔，是医院的“老客户”了，真让人唏嘘。还好儿童的白血病治愈率比较高，因此这里没有那么沉重的绝望，相对而言，家长都是怀着希望来面对每一次治疗的，心态更加积极。

到达科室的时候，孟欢里确认了是有个小朋友溺水，送过来的时候已经没有呼吸了，但是还在做必要的抢救措施。等孟欢里换班之后，这个小朋友已经宣告死亡了，她换了许开诺去帮忙做后续工作。

雨越下越大，冷风裹挟着雨丝从窗缝扑入，一阵寒意袭来，让人周身战栗。轻柔的雨滴落在屋檐上，顺着层层叠叠的瓦片流下，被窗户外的小遮雨檐一挡，落在石阶上，飞溅如珠，声似击玉，一下一下敲击在孟欢里的心里，令人心神俱碎。

这个小孩才不到十岁，一般就算抢救医生宣告死亡，也会给家属留一点时间告别。这也是孟欢里第一次直面死亡，小朋友的爸妈看着还很年轻，但眼睛已经肿得不成样子了，面色也十分苍白。他们一直握着小朋友的手哭，孟欢里在旁边站着，看得心里也十分酸楚。

过了一会儿，还没等孟欢里劝慰家长，小孩妈妈转头突然就对着医护跪了下来，泣不成声地说："医生求求你，求求你再救救他好不好！大宝的手还是热的，还有救，求求你、求求你……"

孟欢里知道温度是因为小朋友的手被父母握着，那是来自家长的温度，但她不知道该怎么跟家长解释，也不知道该怎么劝家长放手。如果是自己的话，孟欢里想，那自己的母亲应该也是没法直面女儿的死亡的，也不会愿意放弃的，天底下哪有愿意放弃治疗的父母呢？

孟欢里轻轻叹了一口气，向前一步扶住年轻女人，正准备开口劝她节哀，身后的张医生说话了，她冷静地安排了再次抢救，冲孟欢里缓缓摇了摇头。

当然，没有起死回生的可能。简单的抢救过后，张医生再次宣告了小朋友的死亡。

身后是家长痛苦的呼号，声声入耳，仿佛敲击在孟欢里的灵魂深处，她第一次直面这么悲伤的场景，充满了不甘、惋惜，还看到很多患者和家属复杂的眼神，看到了同情、悲伤，同时还有难以名状的害怕——害怕自己有一天也要面对死亡这一沉重的话题。

孟欢里想，面对至亲至爱之人的死亡，真的很像凌迟处死，痛苦都变成了具体的，心被一双手捏着，透不过气，身上的肉和骨头也都痛了起来，大汗淋漓，仿佛具象的痛苦可以缓解失去亲人的难受，看得人也悲从中来，患得患失。

事后张老师怕孟欢里第一次经历患者的死亡心里有包袱，专门找孟欢里谈话，同时也告诉她，像刚才那种时候，说再多都不如遂了一个母亲最后的愿望——再抢救一下。其实有时候家长也不是不懂，只是不甘罢了。那个时候劝家长放弃，太残忍了。孟欢里听得若有所思。

小雨停歇，乌云也悄然散去，一轮明月照耀着大地，水渍斑驳的地面，犹如霜雪覆盖，闪烁着银灰色的光泽。

第二十七节　伙伴们四散分离

孟欢里在儿科的最后一周，开始值儿科 ICU 的夜班。毫不夸张地说，全是苦难，全是一个家庭的灭顶苦难。孟欢里从最初的痛苦逐渐转变为麻木。但人心是肉长的，怎么可能不受生死的触动呢？

有一个 14 岁的小男孩叫小方，十分幽默，经常逗值班的护士姐姐开心。他是白血病患者，病情变幻莫测，时而好转回普通病房，时而情况危急进 ICU。但他是真乐观呀，昨天情况好转转回普通病房前，还在跟孟欢里开玩笑："我爸爸生活本来可完美了，有车有房，工作稳定，妻子貌美，儿子也英俊潇洒、聪明伶俐……"说着还指了指自己，孟欢里没忍住笑了出来，又立马作镇定状，示意他快讲。"不过自从我生了这个病就不完美了，嘿嘿嘿。"

孟欢里被他的"地狱笑话"哽住了，一瞬间哭也不是，笑也不是。倒是小方自己笑岔了气，他那轻飘飘的语气，就像在说别人的故事一样，近乎调侃，特别像仙侠剧里看透生死的高人，带给孟欢里满满的震撼。想不到他小小年纪，却能如此看淡生死，调侃和参悟这个成年人总是怕面对的话题。

日子平静地过去，总有风波要起。在孟欢里又一个平静工作的上午，关亦突然来了儿科，通知孟欢里去开会。

“开会？”孟欢里看着关亦，回想了一下，并不记得最近有什么实习生的会要开，而且值得他这个实习队长亲自来通知。

“临时会议，只有所有的实习生到场。”大概是看出了孟欢里的迟疑，关亦无奈地笑了笑，又说，“不算是好事，这两天你在儿科忙不知道，实习生里面有人出了岔子，这次开会估计是批评会议，不是什么好事，你先做好准备吧。”

关亦云里雾里说了一通，也没说明白到底发生了什么事情。关亦走之后，孟欢里看着他的背影，无语地“啧”了一声，不明白之前怎么会觉得关亦又有能力又帅的，搞这些故弄玄虚的动作，真让人火大。

几乎所有的实习生都参加了会议，孟欢里问了一圈，发现大家都不知道要开什么会，她和许开诺一起，找了个角落的位置坐了下来。

她远远地看到小江和主任的女儿言行亲密，看起来已经进入交往状态了，小江整个人腻得像小熊的蜜罐子，甜得要溢出来了，明眼人一看就知道两个人正蜜里调油呢！

会议要开始时，关亦才出现，手里拿着文稿坐在主席台的位置。关亦始终低着头，孟欢里本来努力想从关亦的表情和神态中读取信息，但他始终低着头，避免与台下的实习生对视，表情也很严肃，看起来这场会议确实不是通知什么好事。

会议一开始就是科教科长讲话，他表情严肃、语气严厉地通知了一个重磅消息：终止两名实习生的医院实习工作。大家都很吃惊，议论纷纷，不知道发生了什么事情。

原来，这两个实习生——科长并没有公布他们的名字，是一对小情侣，晚上其中一个本应该值班，结果居然偷偷跟另外一个溜号去看电影，回来的时候被值班医生抓了个正着。而他俩居然还嬉皮笑脸地跟医生解释，说他俩去勘察了一下医院的场景设置，看有没有患者在外面中暑晕倒。医生当场就发怒了，擅离职守就算了，还对职业没有一点敬畏心，一点不把代教老师放在眼里。最可气的是，医生严厉的批评并没有引起实习生的重视，她反而梨花带雨地哭了起来，她的男朋友觉得就这么一点小事何必揪着不放，言辞激烈地跟值班医生产生了冲突。医生怒火中烧，通知了所有的院领导，结果就是全员通报。

孟欢里在人群中找了找，没看出来谁不在，转头问丁恩然是哪对小情侣。丁恩然也不知道，一旁的陈锐听到了，小声问："吴怡美和林相君没来呢，会不会……"

丁恩然说："不要乱说，他们平日里还挺明事理的，不至于。"

过了一会儿，主席台上还在做思政工作，强调医疗工作的神圣性，丁恩然轻轻碰了碰孟欢里的胳膊，说："要不还是给他们发消息问问吧。"

院领导讲完话之后，关亦代表实习生作检讨。他在台上义正词严地念着纯洁高尚的医术追求，但孟欢里想到了之前在关亦办公室他情不自禁凑上来放大的脸……

关亦真的是将表里不一的本事修炼到一定级别了，如果真的是吴怡美两个人，他们跟关亦关系也不错，他有没有为自己的朋友出面说过好话、讨个情面呢？算了，关亦这种自我的人，在知道这个事情的一瞬间，应该就把这俩朋友忘记了吧。

散会后，丁恩然才得到吴怡美的回复，果真是他俩！

回办公室的时候，吴怡美和林相君正在收拾东西，准备离开。刚刚会议的气氛那么凝重，但这两个当事人好像并没有多沉重，吴怡美还轻松地告诉孟欢里：“不用担心我们啦，毕业后即使进不了这家医院，相君的叔叔也会给我们安排其他医院的。”说完还俏皮地眨了下眼。

看着吴怡美毫不受影响、自在又快乐的样子，孟欢里一点轻松不起来。不知道从什么时候起，她好像变了。之前她也是抱着实习混日子、可有可无的心态来的，就跟吴怡美现在一样，甚至可能还觉得实习麻烦，对以后当一个医生这件事也毫无动力。但看到吴怡美的嬉皮笑脸、林相君跟丁恩然转述时的愤愤不平，她心里好像有一团火要冒出来了。那火苗越烧越旺，不是这样的……不是这样的！

那团火就要喷出，突然有一只手握住了孟欢里的胳膊，仿佛一盆冷水浇了上去，孟欢里恢复了神志，看到丁恩然站在身边。她苦笑了一下，没来得及开口，就听见丁恩然说："好了相君，不要再说这些不开心的事了。待会儿大家还是一起吃个饭吧，当是送别宴。"

吃饭的时候孟欢里也心不在焉，饭后推脱自己有事先走了。

回到儿科病房，孟欢里来查看她的小患者——一个3岁左右的肺炎恢复期小男孩，平日里因为孟欢里要给他喂饭做安抚工作，所以小男孩很喜欢她。结果今天一过来，小男孩直接推开了孟欢里，说不要她。本来孟欢里还伤心呢，结果值班医生提醒她："你戴上口罩吧，我估计他是没反应过来。"孟欢里戴上口罩，果然那个小男孩又要她抱了，原来是这么简单的原因，她哭笑不得，撒娇着逗小男孩："这么快就不记得欢欢姐姐了。"小男孩被孟欢里逗得一脸懊悔、不知所措，孟欢里心情大好，抱着小孩约定好晚上过来一起看动画片《喜羊羊与灰太狼》。

夜班不忙时，丁恩然发消息过来关心孟欢里："其实我明白你下午想说什么，但是人与人的想法和观念是不同的，不必非要说服对方，可能只会引起争执，甚至还会失去朋友呢！但是我支持你，欢里，做心里认为对的。”

孟欢里看着信息心里暖暖的，对于医生，她想，自己应该不能简单地再把医生看作一份普通工作了，做一个对患者负责的医生的念头在她心里越来越清晰。

第二十八节　相亲

五周的儿科实习很快就结束了，其间，牟静出院了，她果真直接把陈锐领回家去了。临走的时候，孟欢里去送他们，陈锐从车上下来，靠近她跟她拥抱，顺手递给她一张纸条，孟欢里来不及发问，陈锐转身钻进车里走了。

她低头看那张薄薄的纸，是陈锐每天看书时都会用到的一张普通书签，正面是江南水墨画，反面是他刚刚抄上去的一首词：

碧云天，黄叶地。秋色连波，波上寒烟翠。山映斜阳天接水。芳草无情，更在斜阳外。

黯乡魂，追旅思。夜夜除非，好梦留人醉。明月楼高休独倚。酒入愁肠，化作相思泪。

她上网搜了下译文释意,不知道陈锐到底想表达什么。

一起来实习的小伙伴只剩下她和丁恩然了，这次她和丁恩然一起到了内科干部病房。

这个干部病房就在那栋古旧的老楼，他们办公室的楼上几层。多数是退休的老干部过来休养的，没有大碍，只是一些常见老年病。有一些每年住进来一段时间做全面体检，有一些常年住在这里，每个楼层挨着转来转去地住，干脆不回家。

跟学霸一起轮转有一大好处，就是会觉得特别轻松，老师偶尔提问，丁恩然都会冲上去回答，而且对答如流，她就跟在他后面溜达着，这样子的实习正合她意。

工作轻松之后，孟欢里这几天在家住，之前忙起来在医院住了一周没回去，感觉身上都臭了。与自己交好的女同学都终止了医院的实习任务，而自己这个本来过来混日子的却一直还在干着，真让人觉得魔幻。现在只剩她独自一人，也失去了进取的动力，孟欢里最近干啥都提不起兴致来，而且内科干部病房离关亦近了，自己那好不容易平静的心又开始泛起波澜了。

孟欢里的父母也是，本来抱着宝贝女儿辛苦了的心态大鱼大肉地养她，看她能吃能喝能睡，又开始觉得她过于放纵了。

晚上孟欢里无精打采地陪父母吃饭，老妈忽然说："明天老同学请我吃饭，你跟我一起去。"

看来老妈也觉得她应该出去溜溜了。

虽然孟欢里不太想出去，但还没开口，只看了一看老妈的脸色，就知道自己去也得去，不去也得去。她不再挣扎，只能屈服。

晚上孟欢里陪老妈去见她老同学，来到一家饭店，这里是周边比较出名的本帮菜馆，开业好多年了，格子木门窗，里面是实木桌椅，过道上放着木刻屏风相互隔开。做的都是精细菜，只有本地人喜欢过来吃，价格有点小贵。

看到老妈的同学之后，她立刻就明白了这分明就是一场早有预谋的相亲！因为她被安排坐在一位跟她年龄相仿的眼镜男身边。

气氛一下子就不自然起来，她坐在那里局促不安。眼镜男也是一样尴尬，双手不由自主地握着杯子，几次想要张口打开话题，但是眼看着又气馁了，场面逐渐冷了下去。

最后还是两位妈妈先打破了僵局，分享了近况。老妈的同学早年是护士，后来跟着老公一起出国了，儿子也在国外上学，读的是医科，毕业后在国外的医院上班。

听到与眼镜男有同样的职业，孟欢里才对他稍微感兴趣了起来。她先开口问："你是医生啊，我是未来的医生，现在正在医院实习，希望可以直接留院。"

"你在哪个医院啊？我有个朋友在市二院实习。"眼镜男马上接上了孟欢里的话题。

"真的吗？"孟欢里惊喜道，"我就是在市二院实习呢！你朋友是在哪个科室呀？可以给我一个联系方式吗？没准还是我轮岗的同伴呢！"

眼镜男笑了笑，拿出手机示意了一下孟欢里，加上了孟欢里的微信，然后推送了他朋友的名片过来。那是一个背景一团黑色、仅有几根线条、依稀看得出是一个侧脸的头像，一下子吸引了孟欢里的注意，孟欢里单方面觉得头像背后的主人应该是一个内心情感丰富细腻但不稳定、具有神秘感的人，从侧脸看，应该是一个男人。不知道为什么，孟欢里总觉得这个侧脸很熟悉，很像自己见过的某个人。

点开名片之后孟欢里愣住了，眼镜男的这个朋友，竟然是丁恩然！这可太让人吃惊了，丁恩然是什么时候换的头像？孟欢里点开自己跟丁恩然的对话框，发现居然完全没有对话，偶尔有信息要传达也是在实习生大群里面交流，丁恩然平时一副书呆子的样子，跟刚才孟欢里自以为是对着头像想象的模糊形象可太不一样了！

点过菜之后，孟欢里趁等待的时间起身去了一趟洗手间，盘算着这次相亲没有她想象中那么让人难以接受，眼镜男大方又不失幽默，很好地缓解了她的紧张，但她感觉眼镜男没有相亲的意思，好像把这次相亲当作一次朋友聚会，认识一下，这才让这次相亲氛围轻松了许多。

出了洗手间，在外面的过道有一对举止亲密的男女挡住了孟欢里的路，见有人过来他俩立刻假装没事人一样各自散开了，眼神躲闪，看着像做了什么见不得人的事。

孟欢里随着那个女人朝外面走，眼角看到她入了屏风后的一个酒席，坐在一个瘦瘦的老男人身边，这才是她老公吧？刚刚那个男人是谁？正猜测着，却突然惊呆了，坐在这个女人另一边的竟然是关亦？！

她赶紧去看其他人，很明显他也在相亲，只不过他面带微笑，看起来比较满意。他对面的女孩很甜美，有点微胖，这就是他外公说的那个家里安排的相亲对象吧。

这时刚刚那个男人也入席坐在他们对面，孟欢里惊呆了，这是什么情况？！老情人余情未了，成就自己的下一代这桩美事？

但她顾不上想太多了，医院打电话来说有急诊，她只好回去跟老妈和她老同学道歉，就急匆匆地跑了。

看来关亦早就忘记了自己的存在，很明显他已经接受了家里的安排，接下来结婚生子顺理成章了。孟欢里没那么在乎关亦，她也从来都没有打算嫁给他，但是，现在她却无比难过，这种负面情绪甚至带了一点屈辱感，时时折磨着她的神经，将她撕成碎片散落风中，无依无靠乱飘零。她告诉自己不爱他，没什么丢脸的，她可以很快就忘记他，但是，她还是伤心了。

第二十九节　突然重遇

这天，孟欢里跟丁恩然在实习生办公室看书学习，她在丁恩然的熏陶下，开始准备攻克英语，还专门去买了一套学习资料。

对于她突如其来的发愤图强，喜欢学习的丁恩然大加赞赏，还在孟欢里新买的英语书的第一页写上："No pains，no gains（不劳无获）！"

孟欢里说："等你成为全国知名专家时，我是不是就可以拿去拍卖了？"

丁恩然笑着鼓励她："加油吧，我们一起加油！"

她目标都还没有一个呢！读了几页的书就扔到一边去了。

正说着，老妈的电话突然打来："你外公旧病复发，现在已经到医院了，你快去急诊看看，我一会儿就到，堵在路上动不了了！”

孟欢里急忙站起来往外跑，丁恩然也跟着她一起过去。

他俩一起跑到急诊科，慌里慌张地到处找她外公，丁恩然问她：“你外公之前是什么病，现在复发了？”

孟欢里回答：“是恶性淋巴瘤。”

他说：“哦，你不用紧张，这病不凶险。”

她点点头，跟他细细地扫视走廊里的每个人。想不到只知道学习的他还是很细腻的，他的陪伴、他的专业知识瞬间让她冷静下来。

急诊科人满为患，走廊随处都安置了加床位，医护人员时不时地跑来跑去，来不及回答她的问题。

最后终于在走廊的最里面找到了外公，他蜷缩在临时加的病床上，虚弱得一动不动，疲惫地紧闭着眼睛，孟欢里扑上去问：“外公，你怎么样？”

外公睁开眼茫然地看着她，终于认出她来才轻轻地点头。她让丁恩然帮忙先照看着，自己去找主管医生问检查结果怎么样。刚到护士站说出来外公的名字，那护士就急切地问：“同学，你是 +7 床的家属吗？”

她点头，护士立刻说："他入院还没有交押金，你去给他办理入院手续吧。"

她答应下来，只好先跑到住院处交费。

回来之后远远看到外公的病床旁围满了人，主管医生貌似也在，孟欢里赶紧跑过去，见护理部长和医务科长都在，还有其他几个她不认识的人，关亦和丁恩然站在外围。

关亦怎么也过来了？来看望她外公吗？

丁恩然见她回来，低声跟她说："那个是关亦的爸爸。"

她看向关亦，他向孟欢里点点头，之后又紧紧地盯着她，看不出什么情绪。

她看向关亦的爸爸，他瘦瘦的，个子不高，精悍而又干练，正是那天她在饭店看到的那个坐在关亦旁边的男人。不知道他有什么魅力，让医院的重要领导都赶了过来，旁边那位胖胖的男人就是院长大人了。

只是搞不清楚他知道自己的老婆在外面已经有了别人吗？关亦知道吗？他知道了又会怎样呢？

正胡思乱想着，只见几个人吩咐着护工把她外公抬上了推床转去了干部病房。

一切安排妥当，住院费用也解决了，护工安排好之后，他们才都散去了。关亦也随他们一起走的，临出门告诉她："好好照顾你外公。"

她点头，努力地忍住情绪，不露出一点点的波澜，她做到了。

外公挂上点滴，安静地睡着了。她坐在床边，还没想明白刚刚的一幕到底是怎么一回事。

第三十节　原来是故人

这时老妈才赶过来，急急地进来看到外公病情平稳了才放下心来，轻轻地坐在椅子上，摸了摸外公的额头。

孟欢里坐在病床边上，问老妈："是个姓关的出面将外公安排在干部病房的。他是谁？"

老妈若有所思地点头说："他是你外公的义子。"

关亦的老爸是她外公的义子？为什么自己从来不知道这个事情呢？那自己跟关亦曾在一起这个事情要不要跟老妈讲……

孟欢里还在慌乱地胡思乱想，老妈又说："他们家以前发生了一些事，名声不太好，还是得想办法把你外公转到普通病房去，要不然承了人家的情了还都不知道怎么还……"

孟欢里越发不明白了，追问老妈，老妈只好向她娓娓道来……

关亦的老爸关征元小时候家里很穷苦，父亲早早就过世了留下了孤儿寡母相依为命。

那时候大家的生活都很苦，外公心好，家里还有点儿家底，常常资助周边的邻居，跟老关家更是亲近，经常过来聚在一起吃饭。

老关从小没了父亲，遇到事不知道怎么处理了就去问她外公，她外公对他视为己出，精心指点培养他。

到了该婚嫁的年龄时，老关喜欢上隔街住着的一个远近闻名的大美女。日思夜想，又不敢有所行动，偶然就跟她外公透露了心事。

外公告诉他，人人生而平等，不要认为自己配不上她，只要努力总是有方法实现的。

后来，老关真的就跟那个美人结婚了，当然那个女人并不是关亦的老妈。

他们结婚之后，时间已经到了改革开放时期，大家都着手搞经济，村里也办起了建筑队，老关也加入了。

后来老关的老婆怀孕了，但小孩没保住，他老婆受了刺激，有点疯疯癫癫的，在某一天突然收拾衣物走了，独自跑到遥远的外地去了。老关想尽一切办法寻找，却再也没有找到。

老关做这一行还是有几手的，没几年就做得风生水起，越做越大，后来就结识了关亦的妈妈，关亦妈妈家底丰厚，对老关而言更是如虎添翼，没几年就爬上了现在这个位置。

这个医院的新病房大楼就是他承建的，这个工程完成之后，从上到下的关系自不必说，全都打通好了。

听完老妈的述说，她算是明白了，借女人上位是他们家的光荣传统呢！自己该庆幸跟关亦分手了。

老妈说着话，忽然抬头跟她说："外面怎么回事，那么吵？"

孟欢里只听见外面乱哄哄地有人跑来跑去。她出去看了一眼，跟着护士跑到隔壁病房，是一个患肺心病的老病人不行了，正在抢救。

不一会儿隔壁就传来嘤嘤的、压抑的哭声。

第三十二节 行侠仗义

晚上，外公醒来，老妈喂他吃了点饭，安排好护工，他们就回家了。

第二天，丁恩然过来看她和外公，之后跟她说，他要在宿舍专心冲刺考研了。

她也跟丁恩然说："我以后也不想去别的科室轮转了，就在这里照顾外公，偶尔跟这边的医生查查房学一下就好了。"

丁恩然点点头，说："也好，等我考完试我们再一起轮转。"

临走，他又邀请孟欢里跟他一起去买本考研冲刺题库用的书。

孟欢里点点头，把外公托付给护工后跟他从医院出来。

丁恩然要去全市比较大的那个医学书店，离这里还有点儿距离，想了想，孟欢里把自己久久不骑的“小马驹”推了出来，让他坐在后面，载着他去。

看得出丁恩然有些不好意思，孟欢里哈哈笑着说：“我的小马驹买回来之后还没载过人呢！放心吧，我技术好得很！”

丁恩然只憨憨笑，鼓起勇气抬起腿跨过车身，结果差点卡着腿，踉跄了一下，又招来孟欢里一阵娇笑。

到了书店，丁恩然直奔考研区认真地翻看，一本一本地挑。她是专门陪他来的，医学书店也没有她感兴趣的书。她亦步亦趋地跟在丁恩然后面，他看书，她看花、看屋顶，看着看着又看到了丁恩然的后脑勺。孟欢里往旁边走了两步，看向了丁恩然的侧脸。是他，孟欢里想，丁恩然的头像应该是他自己的侧脸，那个侧脸只是寥寥几笔线条，跟丁恩然对应上之后，孟欢里一直有一种割裂感，觉得头像背后的人是一个浪漫主义的人，但是生活中的丁恩然感觉是一个完全的理智派。两个类型都很好，孟欢里想着想着红了脸，以前怎么没发现丁恩然皮肤这么白呢？看着水嫩嫩的，而且很清秀，是个小帅哥呢！

丁恩然回头的时候，孟欢里来不及移开目光，与丁恩然直接双目对视，愣在了原地。结果不仅孟欢里脸红了，丁恩然的双颊也逐步升温。

不能再看了，孟欢里心想，再看下去的话，她的心跳声就会露出马脚，然后成为这个空间里明显和无法忽视的存在。

突然，丁恩然背后有个男人走过去，孟欢里呆住了，那个男人正是之前段涓涓未出世孩子的父亲——彦邦！这个人还是段涓涓走的时候孟欢里软磨硬泡才在段涓涓手机里看到的。怎么这么巧，竟然遇到他？自从段涓涓出事之后还从没见过他呢？

想想他对段涓涓做出的事，她一阵厌恶，赶紧低头装作没看到他，希望他快快走开。没想到丁恩然看出了孟欢里的不对劲，他回头看了一下背对着他们的陌生男人，又瞥了一眼孟欢里，很显然孟欢里认识这个人。

他拉过孟欢里小声问："怎么了，是认识的人吗？"

孟欢里不知道为什么很相信丁恩然，只犹豫了片刻便跟丁恩然讲了段涓涓就是因为这个男的才没法继续实习的事。

可能是他们的动静有些大，彦邦回头正好看到了孟欢里，然后竟然直接朝他们走了过来，开口问：“我认识你，你是段涓涓的朋友，你知道段涓涓去哪里了吗？”

想不到这个恶人居然认识自己，孟欢里没好脸色地回：“你又是谁？你跟段涓涓是什么关系，我凭什么告诉你她的下落。”

彦邦果然是个渣男，听孟欢里这么阴阳怪气，开口就欠扁，只听他酸溜溜地说：“哎哟喂，小情侣逛书店，真是甜蜜蜜呀！不过我听说好像实习生不提倡搞对象的呀！”

她在心里骂了句：“关你屁事啊！”

这个烂人如果就此走了也就罢了，想不到他故作高傲地走过他们，还不忘留下一句：“唉，像你们这种烂学校还指望考研？也太自不量力了！”

孟欢里气疯了，她站在原地，看着彦邦付账，看着他拿着书往门外走去，想想他对他们的污辱，再想想他对段涓涓做的事，禁不住怒从心头起、恶向胆边生，再也不想压抑心里那团怒火，几步追了出去。

正当彦邦悠然地下台阶时，孟欢里赶上了他，拿出双肩背包，站在他背后，照着他的后脑勺用力地就砸了过去，没想到同时丁恩然的脚也朝彦邦的屁股用力地踹了下去。

彦邦是做梦也不会想到会受到如此袭击，一个不提防就滚下了台阶，孟欢里不想就此罢手，紧跑几步到了他旁边，抡起手里的包照他的脑袋一顿猛砸。

彦邦赶紧抬手护住面门，嘴里喊着："你疯了！快住手！我要报警了！"

她越砸越眼红，朝他喊："有种你就报啊，赶快报，你对段涓涓做的事正可以好好理论理论！"

彦邦听她说出段涓涓，吓白了脸，知道自己理亏，连滚带爬地跑走了。

她还不解气，他却就此跑了，作恶之人得不到惩罚，善良的人被欺负，她不想让这样的事情发生，可她又完全无能为力，对着旁边的花坛踢下去，以发泄心头之恨。

丁恩然拉住了孟欢里，说："老大，不要跟他计较了。我们朝自己的目标努力就好，不要在意别人的看法。"

丁恩然刚才那一脚也给孟欢里吓得够呛，他俩走到一边坐在台阶上，过了好久心情才渐渐平息下来。

夕阳西下，温度渐渐降下去，周边清凉起来，孟欢里心头莫名的更加悲伤起来。

丁恩然一言不发，始终陪她坐在旁边，灰色的袖口轻飘飘地擦过她的肩膀，就像轻柔的羽毛拂过心间，令人发痒。

她叹口气，问丁恩然："你能考过的是吧？"

他用力地点头，坚定地说："是的，不只是考研，以后还会考博，国外也要去看看。"

她知道他的家庭条件不怎么好，但是他的志向却从来都没有因此而受到阻碍，这是他难能可贵的优秀品质，她用力拍他的肩膀，支持他："你可以的，目标明确，又肯吃苦付出努力，你一定能成为全世界最优秀的医生。"

丁恩然腼腆地笑了笑，然后突然靠近孟欢里，一把搂住了孟欢里的肩膀，小声在她耳边说："我喜欢你。"

温热的气息洒落在孟欢里的侧脸，心跳在这一刻猛烈加速，从后颈处传来的酥麻似电流一般淌过她心间。

孟欢里愣了一下，看着丁恩然坚定但通红的脸，一丝惊喜和雀跃悄然爬上心头，像浸入湖面的浮标轻轻跃动了一下。

第三十二节　追求和忧伤

丁恩然表白后，孟欢里并没有当即答应他，而是决定先等丁恩然考试之后再来考虑他们两个的关系。

实习的伙伴一个接一个地离开了，她也不想再轮转下去，在干部病房边照顾外公边实习。

外公的病情渐渐稳定下来，孟欢里把外公照顾好之后，就到办公室看书，早晨跟着主管医生查房，偶尔也帮忙处理病历，倒是也能学到点临床知识。

这一天午后，坐在办公室无所事事，她出门到了后花园。经过了这么多事，她忽然觉得自己老了很多，再次在后花园见到那个男人，她竟然能够看透他的成熟睿智，好像他的一切心情她都能够理解了。

她站到他面前，沉吟良久，缓缓地对他说："我跟他还是分手了。"

不知道为什么突然就想告诉他这些，还好他没有觉得奇怪，也没有表现出疑惑，他一切了然于胸，安慰她说：“人生很长，不要太在意，要学会调节心情。”

她点点头，若有所思；他靠近过来，揽住她的肩膀，给了孟欢里一个安慰性的拥抱。

这个拥抱那么纯洁，不带有一丝的欲望，让她安心和沉静下来，不再忧伤，也不会因为失去了陪伴而彷徨。他做得那么自然而然，他抱住自己的那一刻，孟欢里好像透过他看到了另一个人，另一个总是温柔看着她的人。现在正在备考，为他们的未来而努力的人。

他拉她坐到凉亭的靠椅上，说：“你比我第一次见到时成熟太多了！”

踏出校门来到医院这半年，她已经看到了一个小社会的缩影，她知道太多的事很无奈，也知道了真情有时候并不那么重要。这不足够她成长吗?

眼前的这个男人看到了她的成熟，那么他理解她成长起来需要经历的阵痛吗?

他缓缓地跟她讲述起自己的家庭，这还是他第一次主动讲自己的事，孟欢里认真地听。

他的妈妈是下乡知青，外公外婆都是大学教授，下乡前他的妈妈是班里的优等生，会弹钢琴，会多国语言，却不能考大学，只能到农村去参加锻炼。

后来他妈妈就跟村里最老实的男青年结婚了，因为这个男青年识字。

这就是他的爸爸了。

后来，知青返城，他妈妈并没有回去，而是进了当地的中学做外语老师。

他妈妈从小对他要求严格，不管是学习还是工作都给他制定了很高的标准。

他是优秀的，一步步完成了这些要求：上学有好的成绩，如愿考取名牌医科大学，进三甲，晋升得也快，工作没几年就升为院长助理，副院长。

一切都很顺利，但是他为什么如此忧愁呢？

孟欢里忍不住问他："你好像不开心呢？为什么？"

他长叹一口气，说："我也不知道为什么，拼到现在却忽然失去了目标和斗志。我也不知道我真正想要的是什么。”

他并不是刚刚毕业的学生，为什么也会迷茫呢？

沉思良久，他忽然换了轻松的口气说：“你看起来很有斗志嘛，朝气蓬勃，行侠仗义！我一直都在等着你的到来，给我救赎呢！你有办法的对吧？

孟欢里不知道他为什么给自己这样高的评价，她知道自己也慢慢开始有了心如死灰般的绝望。

她摇一摇头，无奈地说：“可是我也帮不了你啊！我只知道努力就是对的。”

他并不赞同她的话，说：“你还不知道你的能量，我相信你能够帮到我。”

说完坚定地看着她，她也只好用力地点了点头，虽然她自认为不是乐观的人，但是安慰别人她还是能够做得很好的。

第三十三节　时间飞速前行

经过一段时间的调养，外公的气色渐渐恢复，有她照顾着，家里人都是偶尔来看看就走了。

外婆走得早，外公一个人把孩子们都带大，等他们都成家了，自己一个人住到了郊外的菜园旁边，跟同住旁边的一个江湖老中医交好。儿女们，据说，还有关亦的爸爸也常去看他，除此之外他与别人少有来往。

这天早晨，外公吃过早饭，神清气爽，问孟欢里："实习得怎么样？"

她说："马马虎虎。"

停了一下，孟欢里又吞吞吐吐地问："我不想做医生怎么办？"

外公说："先不要去想以后做不做医生，要把技术先学到手，会有用的。"

孟欢里点点头，外公好像准备跟她长谈，让她把床摇直起来坐着，他沉默了一会儿，才说："你跟关家那个小子怎么回事？"

孟欢里没想到外公问的是关亦的事，本来上次看到关亦爸爸之后，就决定让自己和关亦这段纠葛烂在肚子里，没想到外公居然提起了。

孟欢里疑惑："没什么关系，是有人在你面前说了什么吗？"

外公没有直接回答孟欢里的问题，而是抬手笔画了一圈，对孟欢里说："你在这里实习，以后可能还会在这里上班，你要记住，这座老楼是我们家的。"

孟欢里惊讶地看着外公，他不像是神志不清，问："这从何说起呢？"

外公没回答孟欢里的问题，又接着问："我对关家不看好，你也不要被关家那小子的一张脸给唬住了。"

孟欢里觉得臊得很，外公一语中的地说中了之前自己为男色沉迷的心态，解释道："在一起过一段时间，但早已经分开了。他也早就有了新对象了，我上次还碰到他相亲了。”

外公不解：“征元上回来看我，说你俩正在恋爱中呢？”

孟欢里瞬间对关亦一家子无语了，把关亦如何冷暴力自己，关亦外公如何看不起自己等事情都跟外公说了，外公气急，他的身体忽而紧紧蜷缩，发出一阵剧烈的咳嗽声，周身不住地颤抖，瘦弱而苍白的面孔因巨大的痛苦而扭曲变形。孟欢里吓到了，立马扶住外公帮忙顺气，然后调低了床安抚外公睡下了。

老妈来看外公的时候，外公刚睡下，孟欢里拉着老妈在后花园坐下，斟酌着开口：“我跟关亦之前在一起过。”

老妈大惊失色，问：“什么时候的事？我怎么不知道？”

“刚开始实习没多久，他是我们实习生的队长，然后又挺照顾我的，他说喜欢我，我就同意了。但是在一起没多久，就分开了。”孟欢里慢慢地说。

“因为什么分开？”老妈不愧是老妈，一句话就问到了点子上。

“关亦带我去见过他外公一次，他外公直截了当地表达了看不上我，我才不上赶着给人家嫌弃呢！”说到这里，孟欢里有点气愤。

老妈安慰性地拍了拍孟欢里的肩，说：“他们老关家是出了名的不靠谱，这是祖上传下来的背信弃义，好女不入无福之门，放宽心，老妈再给你介绍更好的。”

“其实我……”孟欢里想了想，还是告诉了老妈丁恩然的事，“我有一个同学，我们一起轮岗、学习，然后前几天，他跟我表白了……”

话还没说完，孟欢里已经感知到了自己的脸开始升温，肯定很红。

“同学好呀，同学知根知底呢！”老妈显然很兴奋，一下子就被转移了注意力，孟欢里没好意思说，关亦也是她的同学……

“但是我们还没在一起呢，他最近忙着考研的事，关系等考试之后再确定。”孟欢里补充。

“没事，谨慎点好，多接触接触，其他的事情不急。”老妈宽慰道。

第三十四节　对关亦死心

月上柳枝头，星光碎金般地照进窗棂，几声清脆鸟鸣后，孟欢里踏着月色，行走在回家的路上。

继上次跟丁恩然说考完试再见面之后，他俩就再也没有见过面……因为医学生永远有考不完的试。

这段时间外公的身体好多了，已经在着手办理出院的事情了。关亦最近不知道怎么回事，好像跟他的小女朋友分手了，时不时就来骚扰孟欢里一下，孟欢里觉得烦透了，想了想，又重新开始了轮岗，主动申请去了传染科，那里“与世隔绝”，上班要全副武装，只露出两只眼珠子，想必关亦再烦人也不可能追到传染科去。

“今晚月色真美。”孟欢里正胡乱想着就收到了丁恩然的信息。没想到学霸还会这个呢，她心口一阵狂跳，回想起上一次跟丁恩然约着去吃火锅，明明是热闹非凡的场景，但他们却很沉默，然而，这沉默又并不沉重，暧昧的情愫在二人之间流转，有不经意对视后加速的心跳，搛菜时不小心碰触的筷子，蔓延到耳尖的红，还有回家路上一次次擦肩而过又小心回望的不舍。他们好像什么都没说，又好像已经确认了什么。

没想到吃火锅也可以那么安静、温柔，想到这儿，孟欢里的脸颊又不由自主蔓延上了红色，在如水的月光下显得格外温柔，如果这一切，不被道路前方的关亦打破的话。

不知道他在那儿站了多久，突然出现的漆黑人影将孟欢里吓了一跳，他立在那里，声音嘶哑而低沉地问："你是不是跟丁恩然在一起了？"

孟欢里觉得关亦莫名其妙，并不准备理他，直接越过他，却没想到被关亦一把抓住了胳膊，用力之深，指尖都发白了，她的胳膊也被捏得生痛。

关亦看起来特别生气，怒发冲冠，两只眼睛瞪得大大的，五官狰狞着挤在一起，面目看起来很可怕。

孟欢里的脸爆炸似的发红，怒火冲头，一把就甩开了关亦的手，呵斥道："跟你有什么关系！"

关亦不依不饶，拉拉扯扯，说："丁恩然是个只知道读书的书呆子，没想到你眼光降级成这样。"说着脸上露出一副不屑的表情。

真让人无语，孟欢里不知道自己以前怎么会觉得关亦优秀的，这么一个给人分三六九等，看到自己外公似乎有些"地位"就又贴过来的软饭男自己以前竟然喜欢？！

关亦对孟欢里愤怒的状态充耳不闻，他一副看不起丁恩然的样子，轻飘飘地开口："丁恩然家里供他读书就很不容易了，你们不是一类人，走不到一起的。别以为我不知道，你过来实习就是混的，后面也没想留院，我们才是一类人，在一起就是亲上加亲。"

"亲上加亲"四个字给孟欢里恶心得够呛，她看着关亦，一边自我批判自己眼光真的太差了，一边恨不得眼里喷出实体的火来，最好一次就把关亦烧了，看他还敢不敢来骚扰自己！

孟欢里想不理关亦直接走掉，谁承想关亦抓着孟欢里就是不松手，二人正争执间，丁恩然突然出现，一把推开了关亦，半揽着孟欢里，关心地问："你没事吧，他有没有为难你？”

丁恩然的突然出现太出乎孟欢里的意料了，那种在困难和愤懑中找到救赎的情绪感染了她，她欣喜地问：“你怎么来了？不是在备考吗？”

“来接你下班呢，幸好我来了，不然你就被他骚扰了。”

“我没事，”孟欢里安慰道，“我们走吧。”

二人的视若无人彻底激怒了关亦，只见他一拳朝着丁恩然打过去，那拳风呼啸着朝二人而来，丁恩然大惊，把孟欢里抱紧后退两步躲过了这一拳，可他身形踉跄，还未来得及站稳，关亦又扭身厮打上来，丁恩然把孟欢里推开，二人便胡乱打作一团。

任孟欢里如何威胁、喊叫，即便说要报警，二人也并没分开，最后还是保安闻讯过来，强行拉开了两个人。此时丁恩然脸上挂了彩，关亦也是，但关亦身形更加高大，丁恩然属实落了下风，保安也没有放他们三人离开，没过一会儿，三人打包进了派出所。

无论是丁恩然来接自己，还是丁恩然跟关亦扭打在一起，都是孟欢里认知里的丁恩然不会做的事。孟欢里陪在丁恩然旁边，关亦独自坐在对面，警察问起，孟欢里直截了当地强调："是他莫名其妙地骚扰我，我是正常下班回家，他在路上堵我，还一直拉着我不让我走，我男朋友来接我碰上了，这才起了争执。"孟欢里指着关亦又说，"而且是他先出手打人的，我们只是被迫防卫。"

关亦气急，正要开口说话，孟欢里今天经历了这么情绪浓厚又烦躁的事情，早就心态崩了，当场就哭了出来，边哭边指责关亦："你看他把我男朋友打的，"又露出自己的胳膊来，补充说，"你看我胳膊也被他捏得青一块紫一块的……"

没想到关亦也不是善茬，直接开始造谣："警察同志，事情不是她说的那样，我是来捉奸的。"关亦白了孟欢里一眼，补充说，"我在对面的市二院实习，您可以去医院问，我们是今年的实习生，不少同学都知道我们在一起的事。"

关亦的指鹿为马空口说瞎话彻底激怒了孟欢里，她猛地站起来，指着关亦，但被诬陷的委屈酸得她眼泪直流，心口涩涩的，想说又说不出话来，只"你、你"了半天，才从牙缝中挤出几个"你撒谎"的字眼来，再没有更多。

最后是丁恩然安抚了孟欢里，他双手轻揽着孟欢里坐下，条理清晰地跟警方叙述了事发的完整过程，又补充说明道："无论我们三个是什么关系，监控和后面赶来的保安可以作证，关亦在孟欢里下班路上堵她，并且动手对孟欢里造成了伤害。他所谓的我们三个的混乱关系，只是为了给自己脱罪找的托词罢了，相信您可以查明一切。"

那天的夜很漫长，以前孟欢里只觉得关亦是个过于自负的伪君子，现在觉得这个人简直可以说是个小人！她给老妈打了电话，毕竟他们三个现在都还是在校学生的身份，最后需要父母来接。

老妈先到，没想到丁恩然在这种情况下见了家长，但众人都无心寒暄，先把丁恩然送回学校，孟欢里才跟着老妈慢慢往家走。

但孟欢里再也忍不住了，丁恩然身影消失在黑夜的一瞬间，她抱着老妈哭得不能自已，老妈也心疼得很，紧紧地抱着她，两个人的身影在路灯的照射下拉得很长，又联结得很紧。

第三十五节　少年心动

回医院上班的时候，还好孟欢里在传染科轮岗，避免了遭受关亦的骚扰。不过上次闹到派出所的事，医院里隐约有些流言蜚语传起来了，没过多久，关亦办理了手续暂停实习回学校了，不知道是不是他爸安排的，反正孟欢里落得轻松，每天按时按点完成带教老师安排的事，日子忙碌又安稳地度过着。

跟丁恩然的关系倒是有了突飞猛进的进展，二人约好下个月放假的时候出去旅游。

这个时间可真不好凑，孟欢里现在是实习关键期，很难请假，本来约了上周周三，结果有科里专家的示教手术，孟欢里争取到了“一助”的机会，不用孟欢里说，丁恩然都知道这机会多么难得，善解人意地将出游的时间后移。

“那就周五晚上出发，周末玩儿，你觉得呢？”丁恩然问。

“周五啊，周五也不行，周五排我夜班呢，出去玩儿这种理由请假我说不出口……”孟欢里声音越说越小。

“那就周六吧，周六下午，等你休息好了再出发。”丁恩然倒是很善解人意。

“行，暂定周六吧。应该没事。”

等到了周六，丁恩然中午吃过饭就来医院接孟欢里，他们为了节约时间早点出行，说好了夜班之后干脆就在单位休息，然后，从单位出发。可等丁恩然在医院左等右等等不到孟欢里时，只好进去问。

“你说小孟啊，她在下班之前接了个心脏病突发的患者，正在抢救，她应该在准备手术。”

丁恩然回到医院大堂找了个地方坐下，收到孟欢里发来的微信“抱歉，临时手术，我去帮忙，又要放你鸽子啦。[大哭]”。

已经记不清这是第几次被放鸽子了，孟欢里每次都很抱歉，但丁恩然其实不那么介意，比起这些，他更心疼孟欢里工作了十几个小时还没休息，可能也没顾上吃饭，做了手术还要写病历，不知道到何时才能停下来喝口水。

想了想，丁恩然回：“和孟医生谈恋爱，就是要有陪她一起随时待命的觉悟。没关系，我在外面等你，你慢慢来。”

不知道什么时候孟欢里才能看到这条信息，不重要了，想来她看到的时候一定臊红了脸，心里满是甜蜜。

第三十六节　变故

关亦终止实习的第二周的周三，孟欢里又在医院见到了他。这次是在后花园，关亦和之前孟欢里遇到的那个男人在激烈交谈，孟欢里本来是准备过去放放风、清醒一下的，没想到却撞破了一些“隐秘”事件。

孟欢里只听到“你爸爸”“大楼”“项目尾款”等字眼，便突然与关亦对视了，关亦戛然而止，那个男人也回头看到了孟欢里，说：“是你。”

关亦提出疑问：“你们两个认识？”

孟欢里没理他，那个男人也没出声，关亦恨恨地说了声：“后面我再找你谈。”也不知道是对谁说，说完自顾自地又走了。

不对劲，孟欢里觉得关亦跟平时看到的很不一样，有点被击垮的颓废感，普通情感上的伤害，不至于让骄傲到自负的他在外人面前表现出如此疲态。

轻柔的风夹带着阳光直射带来的躁意，吹得树叶沙沙作响，湖面微波荡漾。

孟欢里在亭子里坐下，男人在她身旁隔着一点距离站着，是他先开口，说："你现在看着完全就是个医生了，做好决定了吗？要争取留院还是？"

孟欢里这次没有一丝一毫的纠结，坚定地点了点头，回答："这段时间的实习很辛苦，发生了很多事，我也想了很多，医生这个职业确实像我想的那样神秘，是需要一定的勇气和奉献精神的。我想我现在已经有了。"

迟疑了一下，孟欢里补充说："刚才那个是我前男友，我听到你们在争吵，冒昧地问一下是因为什么呢？"

男人没有敷衍孟欢里，详细地给孟欢里讲了事情的原委……

原来这个男人姓荷，是之前的院长助理。新病房大楼交工之后，查出来款项有问题，这些事情是他一手操办的，因此他先停职等待调查结果。可查来查去，没想到查到一个姓张的女人头上，她丈夫是做建材生意的，这本不奇怪，可她被查出是关征元的情妇，关征元是关亦的爸爸，而且那栋大楼就是他承建的。

孟欢里当下便想到了上次自己相亲碰到的场景，是那个女人吗？关亦当时还在跟她的女儿相亲，结果没想到自己的爸爸和可能成为自己丈母娘的人有染，怪不得他那么颓废。孟欢里觉得关亦也挺可怜的，但可怜之人也必有可恨之处，之前他那样对自己，这算不算是对他的报应呢？

中午吃饭的空隙，孟欢里跟丁恩然讲了这件事，丁恩然当即说，要是真的确有其事，那这回关亦一家可能都要遭殃。

下午，孟欢里到医生办公室找代教老师，进门看到几个医生和护士挤在一起叽叽喳喳地谈论着什么。她站在旁边瞥了一眼，电脑的屏幕上显示了一张偷拍照片，听他们说在本地的网站上已经迅速成了热点，无外乎又是什么小三、出轨之类博人眼球的故事。

照片被放大了放在桌面上，其中一个护士说："小三不都是年轻女孩吗？他怎么找了个半老徐娘？！"

孟欢里这才仔细地看那照片，那个保养精致的女人，不正是关亦的妈妈吗？

天啊！这件事非同寻常，她要赶紧去告诉关亦！

第三十七节　尘埃落定

关亦一定也看到了这些照片，不知道他能不能承受得住这个打击，他会疯掉的吧？

不管他怎么对待自己，此时孟欢里确实是想快点找到关亦，看看能不能帮到他。

孟欢里迅速收拾了东西跑下楼，边跑边跟老师发消息请假，穿过花园，往病房大楼跑去。大厅里人山人海，有一组急救小队在安保人员的清场下迅速地跑向直达楼顶的电梯。孟欢里好奇地驻足观望，听人群议论，说是有个重要人物突发心脏病，正由直升机送来医院，他们是去接应的。

孟欢里被拥挤的人群围住，想要快速离开却动不了，忽然抬头看到关亦从外面慌慌张张地跑进来，他向来是比较沉稳镇定的，想来是已经知道了这件事。

孟欢里赶紧朝着关亦挤过去，拉住他说：“关亦，你还好吧？”

关亦神情大变，目光呆滞，停下来盯着她看了好一会儿，才认出是她。一下子把她拥在怀里，头放在她的肩头，抽噎地说：“怎么办小里，我爸爸心脏病发作了！”

啊！原来他们急救的是关亦的爸爸。孟欢里抱住关亦的头，安慰地说：“不要紧，他们在抢救了。你别着急，还有很多事情要处理，你乱了那你爸爸那边更危险了不是吗？”

说着话，本来孟欢里想问关亦关于他妈妈的事，但看着眼前这混乱的情况，大致明了。她拥着关亦往手术室快速走去，电梯口人太多了，她拉着他大声说着“抱歉”“让一让”先往里挤。

到达手术室门口，主刀医生正是前几天国外来的访问学者，孟欢里安慰关亦：“你爸爸有救了，这个学者是你爸发小，而且水平很高，放心吧。”

关亦好奇地看着孟欢里，她给关亦解释说，这个学者早些年也是住在同一个弄堂的，他也接受过她外公的救济。学者年纪跟关亦的爸爸差不多大，小时候一起去大井里游泳，在水下抽筋了，还是关亦的爸爸救他上来的。

关亦虽然对孟欢里话里的信息有疑虑，但此刻也顾不上那么多了，听说自己爸爸救过他，那他现在应该也会全力以赴吧，这才稍稍放下心来。

最后，关亦的爸爸心脏放了三根支架救过来了，休养的日子，关亦前前后后陪床照顾，一直没看到他妈妈露面。

这天，孟欢里跟几个实习生在医生办公室休息，关亦忽然推门进来。

大家看到他，站起来走到他身边拍拍他的肩膀，识趣地出去了。

孟欢里想了想，只站起身来，没有离开。

关亦走到她身边，抬手递给她一只牛皮信封，说："爸爸醒来后，第一件事就是交给我这个。我看了一下，你可以帮我把它拿给花园里那个男人吗？"

几经挫折，再次单独面对关亦，孟欢里内心十分感慨，不知道说什么才好。关亦接着说："爸爸出院去休养，想要辞掉所有的职务，我也办好终止实习的手续了，以后再也没有机会站在窗前看你了。"

看她？孟欢里心中一动，抬头认真看着他，他却转身迅速离开了。

其他同事陆续又回来了，看着孟欢里欲言又止。

孟欢里打了个招呼出去了，她要去找小荷，她知道这个信封是什么了。

第三十八节　一往无前

那个信封是关亦爸爸提供的一些账目，小荷很快复职了，关亦的爸爸现在也属于保外就医，听说关亦毕业考试之后去了冰岛，他出去调整一段时间准备回家开始接手家族事物。

实习结束之后，大家都要返校考试，丁恩然来接孟欢里，但段涓涓直到考试结束都没有出现，想来毕业证也放弃了。

小谢找到孟欢里，问段涓涓为什么会和他提分手，还躲着不见他。孟欢里当然不能说出真相，只好搪塞：“感情是相互的呀，她怎么对你，你就怎么对她吧。”

考试之后，大家拍合照、写留言、聚餐之后就散了。有就业的，有读研的，还有放弃本专业的。不管前程如何，都各自向前走了。

从特别紧张忙碌的状态，一下子放松了，孟欢里觉得很不习惯。她在家里昏昏沉沉地睡了几周，想想自己之前并不喜欢医学专业，学了几年都不喜欢，没想到实习这一年心态完全改变了。

丁恩然不愧是学霸，争取到了交换出国的名额。他俩约了下周去大理玩儿，去享受蓝天、洱海和阳光。这个念头起于一个平凡的午后，本来是在吃饭，孟欢里偶然刷到了大理的宣传片，那句“去有风的地方”一下子就击中了她的心。

时间转瞬即逝，到了出发的日子，天气像孟欢里的心情一样好，落地大理，天更是蓝得像海一样，是那种深邃的蓝，饱和度很高。在这里，孟欢里尽情地享受慢节奏的生活，放空自己，和丁恩然牵手漫步于苍山之下，感受风花雪月，看云卷云舒。

他们卸下了所有烦恼，不去想一个月之后的分离，被这里柔软的风所包裹，沉醉于清新的空气。漫步古城，眼前是明媚的花朵，身边是温柔的人，这就够了……

不知不觉间，毕业快一年了，工作的得心应手给孟欢里带来巨大的成就感。

这天，连续上了几个手术之后，孟欢里疲惫地走出手术室，呆坐在走廊的排椅上，看着窗外开得烂漫的春花，一动也不想动。

这段时间丁恩然很忙，自己也很忙，他俩已经持续一段时间的“延时交流”了。各自发各自的消息，然后半天甚至更久之后才得到回复。可能这就是医生家庭的问题所在吧，都太忙了，也没法怪罪谁。

孟欢里低头哀叹一声，一只有力的手臂握着功能饮料放大在眼底。她疑惑地抬头，丁恩然跟她穿着同样的工作服，戴着同样的帽子口罩，仅露出的双眼，流出温柔似水的情愫。

嗯，正是她工作和生活中始终企盼、内心想念的那双眼睛呢！

丁恩然笑着说：“一周年快乐，喜欢我送你的这个礼物吗？”

他回来了，今后的日子，就让他们一起并肩作战下去吧！

人生，奋斗出一番事业才不枉此行呀！